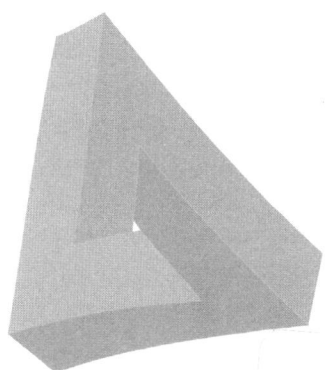

Betty Vidigal

Trigal
Vitória
O homem de boa vontade
Fadas
Café Modelo
Soluços
Onze de Setembro
Bug
Som
Saxofonista
Fátuo
Teorema
Lúmpem

TRIÂNGULOS

Jujuba e o jarro de barro
Miçangas
O inventor, o vidente e Liverpool
Um tostão pelos seus pensamentos
Fé
Sonho
Celular
Na USP

Contos

São Paulo
2009

EDITORA ALAÚDE

Copyright © 2009 Betty Vidigal
betty@vidigal.net
Todos os direitos reservados. Nenhuma parte deste livro poderá ser reproduzida, de forma alguma, sem a permissão formal por escrito da editora e do autor, exceto as citações incorporadas em artigos de crítica ou resenhas.

1ª edição em junho de 2009 - Impresso no Brasil

Publisher: Antonio Cestaro
Editora: Alessandra J. Gelman Ruiz
Capa e projeto gráfico: Walter Cesar Godoy
Impressão: EGB - Editora Gráfica Bernardi - Ltda.

Dados Internacionais de Catalogação na Publicação (CIP)
(Câmara Brasileira do Livro, SP, Brasil)

Vidigal, Betty
        Triângulos / Betty Vidigal. -- São Paulo : Alaúde Editorial, 2009.

        1. Contos brasileiros I. Titulo.

09-04301   CDD-869.93

Índices para catálogo sistemático:
1. Contos : Literatura brasileira 869.93

ISBN 978-85-7881-014-6

PROJETO APOIADO PELO GOVERNO DO ESTADO DE SÃO PAULO,
SECRETARIA DE ESTADO DA CULTURA - PROGRAMA DE AÇÃO CULTURAL

Todos os direitos desta edição são reservados à
Alaúde Editorial Ltda.
Rua Hildebrando Thomaz de Carvalho, 60
CEP 04012-120 - São Paulo - SP - Brasil
Fone: (11) 5572-9474 / 5579-6757
www.alaude.com.br
alaude@alaude.com.br

Dedico esta coletânea de contos à turma do Bar do Escritor, o BDE, um espaço virtual onde todos lêem todos e todos comentam todos.

Sumário

Prefácio 9
Alguma geometria 11
Alguma desgramática 13

Triângulos
Trigal 17
O inventor, o vidente e Liverpool 29
Uma estória de carnaval 33
Vitória 37
Bug 41
O homem de boa vontade 45
Fadas 49
Café Modelo 51
Soluços 59
Onze de Setembro 61
O som 73
Saxofonista 77
Fátuo 79
Teorema 85
Lúmpem 89
"Entre sem bater" 91
Jujuba e o jarro de barro 95
Miçangas 101

Vértices para alguns triângulos
Um tostão pelos seus pensamentos 107
Fé 108

Sonho	109
Celular	110
Na USP	111
Quarto sem janela	113
O pecado	114
Marimbondo	115
Mentira	116
Um continho de ano novo	117
Outro continho de ano novo	118
Pudicamente	119
A desaparecida	120
A barreira	121
Ching Suan depois do terremoto	122
Nem morta	123
1974	124
A vizinha	125

Comentários, observações, justificativas, vocabulário, breve glossário, abreviaturas e algumas definições 127

Prefácio

Andamento pulsante

Para além das observações oportunas da autora sobre o título deste livro, é necessário maior espaço para analisá-lo, embora palidamente. Porque temos aqui um leque de contos de extensões e formulações diversas, alguns abrindo para a novela curta, porém afastando-se dela, ao conto curto e ao micro de poucas linhas.

De *Trigal*, que abre o livro, obra-prima do conto moderno, de andamento pulsante, ao *1974*, de cinco linhas, vê-se, de pronto, uma qualidade particularíssima da autora: o descritivo e o narrativo, em quaisquer dessas criações, treliçam-se sem quebra de emoção continuada e o final de cada texto é sutil e surpreendente. Os exemplos a citar seriam muitos. Eis que estamos diante de uma ficcionista que transfere, nos contos mais longos, com grande senso de oportunidade, quase toda a trama da criação para o campo das falas, trazendo ao vivo sua imediata visão impressionista.

Betty Vidigal é sutil, elíptica e objetiva a um só tempo, não foge dos meios tons e sabe dar vida e alma a tudo, até aos objetos. O psicológico vem quase sempre em subjacência. E surge ele muito mais da conduta das personagens.

Há tanto o que dizer do *como dizer* desta escritora que não é possível fazê-lo aqui. Temos o amor, suas benquerenças e desencantos, com sombras de solidão. Não a solidão que se perde em si mesma, mas a outra, que virá a ser a busca de libertação de algo ilocalizável. Tudo aqui pulsa muita Vida, até quando a autora caminha para a fábula, metaforizando-a para a convivência corriqueira diária, ou para o juvenil, sem descer o nível da linguagem, o que é notável. De repente é poética, com liames de sombras da fragilidade humana.

Destaque especial ao que chamamos de *palavras mudas*, que se vê e se sente ao longo dos diálogos, e que externam emoções outras no silêncio delas.

Não temos como destacar os textos melhores deste universo um tanto poliédrico. Seria eleição pessoal. Os temas são aparentemente corriqueiros e humanos. Sempre a aparência, tal qual a Vida e seus caminhos e descaminhos. Estes contos calam fundo, pela magia criadora de quem os escreveu.

É ler e comprovar.

Caio Porfírio Carneiro
São Paulo, 13 de maio de 2009

Alguma geometria

Por volta de 300 a.C, Euclides de Alexandria estudou as relações entre ângulos e distâncias. Começou a estudá-las em uma superfície plana – a que chamamos *bidimensional*. Depois passou para o espaço em três dimensões, o confortável espaço em que vivemos e nos movimentamos.

Geo=Terra; metro=medida. A palavra grega nomeia a ciência que estuda as medidas na Terra – mas hoje sabemos que as relações descobertas por Euclides valem fora do planeta, também. É tranquilizador saber disso, para alguma eventualidade. Se algum dia a gente precisar...

Tudo o que Euclides constatou permanece inconteste. Uma das graças da Matemática, em qualquer das suas subdivisões, é que, diferentemente de outras ciências, o que se descobre nela é perene. Não há progressos que invalidem ou tornem obsoleto algo já sistematizado. Os teoremas valem para sempre. Teorias de Física, Química, Biologia foram desprovadas. Mas o que os gregos concluíram, milênios atrás, na Matemática, continua válido.

Como é possível viver dentro deste Universo sem usar os conceitos da Geometria e da Álgebra? Sem recorrer aos teoremas de Thales e de Pitágoras – para não falar na Regra de Três? Imagino que seja mais ou menos como não saber ler e acreditar que não faz falta. Conheço gente que diz que não: que consegue identificar o ônibus que toma para voltar para casa e para sair de novo; é o suficiente.

Mas, se alguém vier nos falar em geometria não-euclidiana, lembremo-nos de que isso é apenas o outro lado do espelho de Alice.

Por três pontos distintos e não alinhados sempre passa um plano. Um único plano. Se os pontos estiverem alinhados, determinam uma reta. E por uma única reta passam infinitos planos.

Esses pontos alinhados não são os que nos interessam aqui.

Queremos os que mantêm entre si relações de distância tais que venham a determinar um triângulo. Ou seja: três pontos que, tomados dois a dois, definem três retas que se cruzam duas a duas.

Os triângulos que esses pontos determinam podem ser regulares ou irregulares. Equiláteros, isósceles, escalenos. Congruentes e incongruentes. Semelhantes ou não. Retos ou não.

Nós, humanos, gostamos de trios. Sabe-se lá por quê, gostamos de classificar as coisas palpáveis e as impalpáveis de modo a vê-las divididas em três entidades, três categorias, três etapas. Id, Ego, Super-Ego. Pai, Filho, Espírito Santo. A Esquerda, a Direita, O Centro. A Terceira Idade. A Terceira Via. O Terceiro Setor. Escritores dividem suas obras em trilogias, pintores em trípticos, governos organizam-se em triunviratos.

Todas as relações entre humanos colorem-se quando três indivíduos interagem, rompendo a serenidade do face a face, do *tête-à-tête*; ou quando um objeto desorganiza a interação de dois indivíduos.

É disto que falo aqui. Do caleidoscópio, do espaço de seção triangular que embaralha pessoas e coisas e as reflete em sua parede prismática, mudando o padrão a cada giro ou movimento.

Alguma desgramática

Os personagens destes triângulos se comunicam em dialeto sudestino. Essa vertente do português brasileiro que mistura sem cerimônia 'você' e 'te'. Que chama ao outro 'você', que chama 'seu' e 'sua' àquilo que pertence a outrem, mas usa pronomes oblíquos na segunda pessoa, quando oblíquos se fazem necessários.

Há de soar estranho, talvez, para os que falam o Português de outras plagas, para os usam 'lhe' ou 'tu' com naturalidade. E talvez arrepie os puristas.

Espero que não.

Quem narra, no entanto, conta as estórias usando os 'lhe' e 'lhes', direitinho. Como se fosse a coisa mais natural do mundo...

Triângulos

Triângulo equilátero

Trigal

Entrou no quarto e viu as malas. Em cima da cama. Duas.
Fechou a porta, batendo-a com fúria. Ai, fúria não. Era desespero.
Ela saiu do banheiro da suíte enrolada na toalha, olhos brilhantes, água pingando dos cabelos molhados e escorrendo pelos ombros. O vapor que escapava pela porta do banheiro inundou o quarto, careteando por trás dos ombros dela, rindo dele sem que ela percebesse.
– Precisa bater a porta desse jeito, Carlos?
– Você vai mesmo?
– Vou, querido.
Olhando-o com carinho e com um pedido de desculpas implícito na entonação da voz, tocando-lhe de leve a manga da camisa.
– Tenho que ir – explicou, baixinho.
Ele puxou o braço. Vontade de jogar a mulher na cama, apertar o pescoço até que parasse de respirar, até que os olhos pulassem fora do rosto, até que suplicasse por um perdão que negaria.
Não. Não negaria.
Ah, jogá-la na cama e arrancar a toalha, amá-la com um desespero de libertação.

Sobre a cama, pilhas organizadas de roupas coloridas. As camisetas, os casacos, os maiôs. Os muitos sapatos. O vestido de

veludo lilás que ele lhe dera no aniversário, quando a levara para jantar no restaurante preferido dos dois, tentando reconquistá-la, já desconfiado de que a perdia, perdia, perdia. Ficou linda no vestido, batom roxo projetando um reflexo estranho nos dentes.
— Não vá — ele pediu, quase inaudível.
— Tenho que ir.
E baixando a cabeça repetiu no mesmo tom que ele usara, um sussurro:
— Tenho que ir. É meu destino.
— Ele não te ama.
— Não.
Ficaram em silêncio, olhando-se: a ligação aparentemente inquebrável daquele olhar. E no entanto logo se quebraria.
Ela abanou a cabeça, melancólica. E acrescentou:
— Mas ele pensa que sim. Não sabe, é jovem demais.
— Eu é que te amo.
— Eu sei.
— Lenora.
A pele dela, avermelhada pelo banho quente.
A toalha branquinha enrolada sob as axilas.
Ele pensou nos muitos banhos que tinham tomado juntos. Lenora nunca soube, e agora não saberia nunca mais, como Carlos se sentia quando a via passar creme nos pelos do púbis, o mesmo creme que usava nos cabelos. O que tornava isso tão excitante é que era uma coisa que fazia só para ele. O resto, o resultado final, o penteado, o vestido, a pintura leve do rosto, o resto todos iriam ver. Mas isso era só para ele.

Naquele momento, saindo do banheiro, ela cheirava a sabonete de algas e maçã. O cheiro de sempre quando saía do banho. Em tempos felizes, ele ria da quantidade de cosméticos que ela usava. E ela explicava quase apaixonadamente a finalidade de cada produto. "Para ficar mais bonita pra você, meu amor."

"Para te comer melhor, minha netinha", diria o Lobo Mau. Só que agora a loba era ela. E Max? Seria Max o Chapeuzinho desta história? Mas não, não. Sabia que não: ela era inocente, fora seduzida.

Seduzida por um garoto?

Olhou em torno, para os detalhes do quarto. Tão confortável, planejado por ela. A poltrona estofada em tecido florido, combinando com a colcha lisa, com as cortinas listradas. Por um instante nada pareceu tão terrível. Ele sobreviveria. Ela não.

– Você vai se destruir.

Ela concordou com a cabeça, muito séria. Nunca parecera tão triste. Ele reformulou:

– Ele vai te destruir.

– Não. Eu. Eu é que vou me destruir.

– Por que você vai com ele, Lenora?

– É meu destino.

Riso seco dele. E ela, num tom de finalização:

– Meu destino, já disse.

Desembrulhou-se da toalha, enxugou melhor pequenos trechos ocultos de pele clarinha. Pegou em cima da cama um vestido de alças finas; poderia ser uma camisola, era um vestido. Quase transparente. Florido como o quarto. Ergueu os braços e deixou que a roupa escorregasse pelos braços, pelos ombros. A essa dança erótica chamava 'vestir-se'. Ergueu a saia para vestir – dançar – uma calcinha minúscula, de renda cor da pele.

A rotação minimalista do quadril ao se ajustar à peça de roupa.

Ele voltou o rosto para a parede, um homem discreto evitando possuir com o olhar a mulher que não era mais sua. A mulher de outro homem.

Lenora entrou de novo no banheiro, trancou a porta. A chave, tlec. Nunca trancavam o banheiro, antes.

Nunca.

Ele ouviu o secador de cabelos. Sentou-se na poltrona, que ficava no canto mais escuro do quarto, ao lado da parede onde a luz que passava pela veneziana das portas abertas da varanda desenhava uma sombra retangular, listrada. A poltrona onde gostava de sentá-la quando saía perfumada e morna do banho; diante da qual ajoelhava-se para soprar os pelos amaciados. Soprava-os: vento sobre o trigal. Riam.

A poltrona que ela escolhera deliberadamente florida para disfarçar as manchas que o sêmen viria a desenhar. Novas flores alterando a estampa, dia a dia.

A rosa que ela ocultava sob o trigal. Aquela pétala. O gosto da rosa.

As palavras sem significado que ela murmurava enquanto segurava com as duas mãos a cabeça dele, invocações blasfemas numa língua bárbara. Quando lhe perguntara uma vez o que dizia, ela nem sabia que dissera algo. Um dia gravou a voz delicada soando gutural, pronunciando obscenidades incompreensíveis. Ela riu: eu digo isso? Sempre, ele respondeu, rindo também.

Sempre? Que coisa, olha só o que você faz comigo, cara, ela brincou.

Nunca mais uma mulher assim.

Do que ele se lembraria melhor? O olhar, o toque, o riso? É isto o amor, então? O corpo, só? O riso raro.

O resto do quarto, todo ensolarado.

Pegou uma revista em cima do tampo de vidro da mesa redonda, ao lado da poltrona. Sobre a mesa, em muitos porta-retratos, fotos deles: esquiando em Vail, nadando em Bali, cavalgando na fazenda.

Vontade de encostar no vidro o rosto quente. Baixou a cabeça, olhou-se no reflexo quase imperceptível. Apoiou a testa na superfície.

Frio.

Ela voltou do banheiro, cabelo curtinho esvoaçando elétrico em torno da cabeça. Tão limpo. Ainda o cheiro de maçã. Enrolou o fio frouxamente em torno do secador que guardou em um envelope de flanela e acomodou num canto da mala, com delicadeza. Passou ao cerimonial de ajustar as roupas dentro do paralelepípedo interno das malas, de forma geométrica, em semissimetria, um mosaico de retângulos de tecido colorido. Quebra-cabeças. Como sempre fizera em outras viagens, as que os levaram juntos aos lugares com os quais sonhavam. Agora sonharia sem ele.

Carlos olhou para as gotas de mel nos ombros dela, as sardas marrom-claro, quase douradas. Quis tocá-las com a língua, pareciam caramelo. Disse:

– Ele tem a idade que nosso filho teria hoje.

Ela ergueu a cabeça e olhou dentro dos olhos dele sem no entanto endireitar o corpo que estava curvado sobre a mala. O olhar subitamente muito antigo, a dor de mais de duas décadas reverberando nos olhos salpicados de dourado.

– Eu sei. E você sabe que sei.

A dor nunca desaparecera por completo, mesmo quando, depois de alguns anos, o quarto foi por fim desmanchado, os brinquedos doados.

– Mas não pense que há nada de... Não há nenhum sinal subliminar de incesto nisto. Max não é meu filho, eu não sou mãe dele.

Silêncio longo durante o qual ela inesperadamente atirou longe uma blusinha que ia colocar na mala, dentes trincados de tensão; escondeu o rosto entre os dedos e depois de alguns segundos durante os quais ele não ousou mover-se foi para a varanda onde, com as duas mãos apoiadas na balaustrada, ficou olhando para o jardim lá embaixo, com intensa concentração, como se tentasse distinguir as células de cada folha. Ele a seguiu.

– Lenora, escuta... Não quero ser grosseiro, mas...

Esperou que ela dissesse algo, não disse, ele continuou:

– Logo você vai estar velha demais para ele.

Ela se voltou devagar e tinha um sorriso leve brincando no lábio superior, o inferior sério ainda.

– Agora mesmo, hoje, eu já estou velha demais para ele, Carlos. Só ele não sabe disso.

– Mas logo vai saber.

– Claro.

– Não daqui a dois anos, três. Daqui a poucos meses. Vai te ver com olhos realistas.

– Vai.

– Vai te ver como você de fato é.

– E como sou? Algo tão mau que eu deveria ter medo de ser vista assim?

– Não, Lê, você é maravilhosa. Mas para mim, que tenho a mesma idade que você. Para nossa família, nossos amigos, que conhecem você há anos. Não para um menino que poderia ser seu filho. E que você acabou de conhecer.

Silêncio enquanto ela volta ao banheiro, com a frasqueira na mão. Ele escuta o som das portas espelhadas do armário sendo abertas e fechadas. Os sinais da presença dela sendo removidos. Ela põe a cabeça para fora da porta do banheiro, olha incisiva para ele:

– Olha, não há nada que você possa me dizer que eu não saiba. Sei que ele vai se cansar de mim. Sei que assim que eu entrar nesse avião não há retorno possível, você não vai me querer de volta, nem arrependida nem triunfante.

– E o que você imagina que vai acontecer? Como vai ser a sua vida lá?

– Ah, isso não sei. Nem você sabe. Nem ele, embora pense que sabe. Mas eu imagino. Depois de meses de alegria, ele vai me olhar um dia e ver algo que não via antes. Uma estranha com bolsas sob os olhos. Vai perguntar a si mesmo por que me desejou tanto.

Ela parou, inclinou a cabeça, graciosa, o longo pescoço dando-lhe aquele ar de cisne, bailarina.

– E aí? O que você acha que vai acontecer?

– Um dia ele vai voltar para casa tarde, de madrugada. Vou estar acordada, esperando, pensando o que terá acontecido com ele. Imaginando acidentes, perigos. Louca de saudade depois de um dia inteiro longe dele. E nada terá acontecido. Apenas, ao sair do trabalho, ficou com amigos, jovens como ele. Dirá que fui tola em me preocupar. Depois, em outras noites, ele não vai voltar. Vou esperar até cair de sono, cansada da espera. Vou me arrepender de ter saído do Brasil. Vou sofrer muito.

Carlos tentou queimá-la com os olhos. E ela, corrigindo-se:

– Não: vou sofrer um pouco. Não muito. Porque sei que não tenho opção. Sei que não há como fugir do meu destino.

– E você quer viver assim? É isso o que você quer?

– Um dia ele vai trazer uma mulher para casa. Vou fazer o jantar para eles. Usar na mesa o que houver de mais bonito naquela casa, você já viu as fotos?, a toalha mais delicada, as taças mais

cristalinas, a porcelana mais rara. Os objetos que nunca terei amado como sendo meus. Nessa noite, depois do jantar, vou sair andando pela areia. E nunca mais vou voltar para a casa dele.
— E se você sabe que vai ser assim... por que vai, então?
Ela escorregou o olhar pelas paredes do quarto, pelos quadros. Deixando um rastro dourado em tudo, como as marcas do trajeto de um caracol cintilante.
— Fala, Lenora.
— De certa forma, é como se tudo já tivesse acontecido. Como se eu já tivesse passado por tudo, o delírio, a alegria, o fim.
Silêncio.
Se suspirassem preencheriam o silêncio. Ele ainda tentou:
— Você nem fala a língua deles.
— É uma língua difícil. Talvez algum dia eu fale bem.
— E do que você vai viver, se tiver que ficar sozinha? Aqui você tem seu trabalho, sua vida toda.
— De que vivem as estrangeiras que moram nas nossas praias? Em Florianópolis, em Búzios, em Maceió? Vou ser como elas. Sempre penso nisso. Sempre olhei para elas como um retrato de mim. O meu futuro. Você não sabia disso, sabia?
— Quer viver assim? Como elas? Perambulando pela areia, mal falando a língua?
— Perambulando... que palavra estranha. Não seja dramático, Carlos.
— Vagabundeando.
— Que seja. E falando comigo mesma, em português.
— É isso que você quer?
— Não é o que quero. É do que não posso fugir. Só isso.
Riu cascateante e de repente era a mulher dele, com o riso que iluminava o mundo quando vinha. (O riso raro.)
— Vou ser a louca da praia. Catando na areia os restos que os turistas deixam. E talvez te chame, de lá, do outro lado do mundo. Nas pontas dos pés, olhando para o mar, talvez eu grite seu nome em direção ao Brasil.
— Lenora, pelo amor de Deus.
— Me deixa. Não vê que não estou feliz?

Ele abanou a cabeça, inconformado. Ela continuou:
— Mas, enquanto Max me quiser, vou fazer com que ele seja feliz. Como nunca foi até hoje e nem será depois. Ele precisa de mim.
— E eu?
— Você... você vai ser amado de novo, eu sei. E vai amar.
— Você se importa mais com ele do que comigo.
— Mas, Carlos... comigo você também foi, às vezes, infeliz.
— Infeliz, não. Algumas vezes brigamos, e de vez em quando posso ter ficado triste ou zangado. Mas felicidade é outra coisa, felicidade não é alegria eterna. Com todas as coisas por que passamos, sempre fomos felizes, sim.

De repente ela franziu as sobrancelhas, emburrada. Fechou a primeira mala, a menor. Tentou fechar a outra, não conseguiu. Estava cheia demais. Ele a afastou com delicadeza, segurando-a pelos ombros.
— Eu fecho para você.

Pensou em alterar a pressão das mãos nos ombros dela, jogá-la com violência no chão, de joelhos, forçar-lhe o rosto contra o tapete, levantar o vestido florido até a cintura, prender-lhe as pernas com aquele pedacinho de renda cor da pele, cerceando-lhe assim os movimentos. A peça de roupa que ela vestira havia pouco de forma quase automática, sem pensar que poderia servir para tolher-lhe os movimentos, se convenientemente posicionada. Quieta, potrancazinha, ele diria. Um joelho de cada lado dos joelhos dela, até que os corcoveios se tornassem ritmados e os gemidos se transformassem naquelas palavras profanas em língua desconhecida, quando então ele poderia soltar o rosto dela sabendo que continuaria com os quadris no alto, coordenados aos movimentos dele no entendimento aperfeiçoado em muitos anos de brincadeiras e fantasias. Em certo momento cairiam exaustos sobre o tapete, ela se voltaria, como sempre se voltava depois desses jogos e, abraçados, talvez se amassem de novo, lentamente. E depois quase dormiriam, ela doce acariciando as costas dele, os ombros. Já teria perdido o avião; o outro homem, o menino, teria talvez embarcado sozinho para as praias do outro lado do planeta de onde nunca deveria ter vindo.

Iria embora.

Decepcionado por ela não ter aparecido? Ou vagamente aliviado.

Recusava-se a imaginar o outro angustiado, esperando por Lenora, olhando o relógio, gritando com os funcionários da empresa de aviação, implorando que esperassem, desistindo de ir sem ela.

Não: angustiado estava ele. O outro era tão jovem, esqueceria logo. Tinha certeza disso.

Mas controlou o impulso de dominá-la. Em vez de jogá-la ao chão, cerrou as mãos com carinho nos ombros sarapintados, beijou-lhe de leve a nuca.

– Deixa, eu fecho a mala para você.

Ela cruzou os braços no peito, cobrindo com as mãos pequenas os dedos dele nos seus ombros. Fechou os olhos. Pensou que se naquele momento ele a atirasse de quatro sobre o tapete, como fazia nas brincadeiras insensatas, se dominador lhe pressionasse o rosto contra o solo, dando-lhe ordens naquela voz calma e autoritária, se lhe dissesse: "quieta, potrancazinha", ela desistiria de ir embora.

Mas não. Ele simplesmente beijou-lhe a nuca e fechou o zíper da mala, forçando para dentro algumas peças coloridas.

Quietapotrancazinha ficou flutuando no espaço como o som dos desenhos animados, uma linha de fumaça ondulando no ar. Fantasma de fala.

Ela se lembrou da primeira vez em que ouvira a voz de Carlos, num jogo de vôlei na praia. A voz máscula e grave às suas costas lhe provocara um arrepio no ventre. Tinha dezesseis anos, a idade em que se diz que os hormônios desencadeiam arrepios. Ou agora é que alucinavam no seu corpo? Naquele dia, na praia, ele, Carlos, tinha vinte anos. Pouco menos que a idade de Max hoje.

E então, pensando em Max, ela sentiu o mesmo choque elétrico – meio palmo abaixo do umbigo – que sentira ao ouvi-lo em algum lugar do aeroporto aonde fora levar uma prima que ia embarcar para a Holanda. Ouvira a voz sem ver o dono da voz e passara o resto do tempo escrutinando os rostos na multidão aglomerada nas filas de check-in, tentando descobrir quem falava de forma tão suave aquela língua estranha. Ao cruzar os olhos com os dele, teve certeza de que a voz pertencia àquele jovem alto de cabeça raspada e roupa escura. Entreabriu os lábios, presa aos olhos dele. Ele também a olhava como se não pudesse desviar os olhos nunca mais. Desistiu de embarcar de volta para seu país. Mal falava o português, mas não precisavam de palavras. Para o pouco que era imprescindível dizer, as outras línguas, as que ambos conheciam, bastavam.

E Lenora descobriu que o que dizia nos momentos de delírio eram palavras soltas, na língua dele. Ele lhe traduzia em inglês o que dizia, e ela cobria o rosto, incrédula.

Depois disso o afastamento imediato de todos os amigos, do marido, de si mesma. Agora ela era uma mulher desconhecida que não se pertencia.

Batidas na porta do quarto:
– Dona Eleonora, o táxi chegou.
– Pede para esperar um pouco, Nana.
Era isso. Fim.
– Táxi? Esse menino nem teve a gentileza de vir buscar você?
– Achei melhor. Não quis que ele viesse até aqui. Pedi para não vir.
– Eu levo você ao aeroporto, então. Dispense o táxi.
– Não quero. O que vocês vão dizer um para o outro?
– Não vou entrar, só deixar você na área de embarque.
– Não, Carlos. Por favor. Vamos nos despedir aqui.
Beijou o rosto dele, que a afastou dizendo:
– Pelo menos levo suas malas até o portão.

Ela concordou, pela simples impossibilidade de levar sozinha as duas malas e ainda a bolsa e a frasqueira. Nana voltou para dentro de casa, depois de pedir ao taxista que esperasse. Pegou o violão que fazia anos que a patroa não tocava, mas tinha dito que queria levar.

Enquanto o motorista guardava os volumes dentro do carro, Lenora, nas pontas dos pés, beijou de novo o rosto de Carlos. Ele enterrou as unhas nas palmas das mãos, braços lassos.

Não retribuiu o beijo, não a abraçou.

Ela entrou no táxi e fechou a porta, mas, antes que partisse, abriu-a de novo, voltou correndo para o portão, abraçou o marido num abraço muito apertado; ele, estático ainda com os braços ao longo do corpo, demorou a reagir, quando foi retribuir o abraço ela já se afastara.

O carro partiu rápido, mas as retinas dele registraram a partida como em câmera lenta.

No futuro, em muitos pesadelos dele e dela, por anos e anos, esse carro partiria muitas vezes, irremediavelmente.

Triângulo equilátero inscrito em um quadrado

O inventor, o vidente e Liverpool

Leonardo largou o pincel e correu os dedos pelos cabelos. Fazia muito calor. Lisa sorriu ironicamente. "Ele é tão previsível", pensou. "Vai querer fazer outra pausa!"
– Mona – disse Leonardo –, você se importa se pararmos um pouco? Não estou conseguindo me concentrar.
– Claro, querido.
– Eu bem que gostaria de captar exatamente o sorriso que você tinha neste instante, mas...
Ela se espreguiçou, um pouco cansada de permanecer na mesma posição por tanto tempo. Tirou das dobras do vestido a lixa de unhas. Tinha essa mania de querer as mãos sempre perfeitas. Essencial numa mulher, dizia. Até pedira que Leonardo retratasse as mãos com destaque, naquela pintura. Olhou-o sem desfazer o sorriso irônico.
– Outra invenção?
– Assunto de homem, Mona. Nada que deva preocupar essa linda cabecinha.
A esposa do Giocondo disfarçou um bocejo. Sabia que quando ele estava empolgado com alguma invenção não conseguia pintar.
– Vou para casa, querido. Quando quiser continuar, me mande um bilhete.
Leonardo voltou ao caderno coberto de desenhos tentativos. Releu a carta do adolescente francês que afirmava que poder des-

cortinar o futuro. Assinava Michel de Notredame, nas primeiras cartas, depois passou a assinar "Nostradamus". Apelido estranho para um francês.

O caso é que o menino era convincente, em alguns pontos, embora muita coisa ali fosse puro delírio. Leonardo revirou a última carta, procurando mais alguma ideia. O que mais havia eram coisas relacionadas à destruição de cidades da Europa... "Ó vasta Roma, tua ruína se aproxima, não de teus muros mas de teu sangue e substância, etc". Nada que se aproveitasse, se bem que Leonardo gostaria muito de poder apresentar a seus protetores alguma previsão consistente de guerras por vir. Nada lhe renderia tanto prestígio quanto aconselhar corretamente seu protetor do momento, levando-o à vitória sobre os inimigos. Afinal, sua principal missão era desenhar máquinas de guerra, coisa que fazia com grande eficiência.

Algumas coisas nas cartas vinham em versos, outras em prosa. Se Leonardo conseguisse mesmo criar alguma coisa que se movesse sem cavalos, como o francesinho dizia que um dia haveria, Luiz XII ficaria felicíssimo. Agradar ao rei francês não era uma coisa tão fácil quanto contentar Cesare Borgia ou Ludovico Sforza, il Moro, que tinham sido seus patronos anteriores.

O menino jurava que no futuro pássaros de ferro com olhos de fogo cruzariam os céus. Pássaros feitos pelo homem, que transportariam pessoas de um país para outro em menos de um dia. Leonardo começou a rabiscar a máquina descrita. Impossível... Como levantaria voo, esse pássaro?

Ele não tinha a menor intenção de responder às cartas do francesinho – se fosse responder a todas as cartas que recebia de admiradores...! –, mas a verdade é que o menino soava excepcionalmente convincente.

A descrição do fim do mundo, por exemplo.

O inventor estremeceu ao lembrar daquilo. Nostradamus afirmava que podia ver nitidamente o século XX, no qual a cena se passava: quatro anjos do mal (decerto os quatro do Apocalipse!) produziam um som infernal com instrumentos que seguravam nas mãos. Esses anjos ficavam sobre uma plataforma que parecia feita de vidro, cercados de fumaça e raios de fogo. Abaixo, a multidão dos mortais gemia e gritava. Havia, mesmo, choro e ranger de dentes, como profetiza também o Apocalipse. As pessoas deviam estar sofrendo muito, dizia Nostradamus, porque seus braços erguidos pareciam implorar misericórdia.

As mulheres choravam e arrancavam os cabelos, as virgens uivavam. Esses quatro anjos, dizia Nostradamus, vinham de um lugar com um nome terrível, na língua daqueles bárbaros anglo-saxões: Poça de Fígado.

Eles cantavam, alegres: "She's got the devil in her heart".

Leonardo abanou a cabeça, consternado. Poça de fígado, hein? Liverpool.

Vindos de um lugar assim, só poderiam mesmo ser demônios.

Leonardo atirou a carta no cesto de lixo. Esse menino tem muita imaginação...

Triângulos inscritos em polígonos irregulares

Uma estória de carnaval

É, eu sei. Ele foi pescar com os amigos, no carnaval do ano passado.

Ela tinha sonhado com uma mini lua de mel à beira-mar, em alguma pousada no lado inacessível da ilha, dessas a que só se chega de jipe ou barco. Iriam no jipe dele, rindo das dificuldades da trilha entre cachoeiras e coqueiros, lambuzados de repelente para não serem devorados pelos borrachudos, rolariam na areia à noite e assariam peixe na brasa tomando água de coco.

Seria o primeiro carnaval que os dois passariam juntos, depois de quase um ano de namoro. Mas ele preferiu ir pescar com os amigos. Disse que todo ano fazia isso e não ia mudar.

Por isso é que ela, no ano passado, aceitou o convite da amiga que não viajara porque tinha rolado um frila para entregar na quinta. Mas que estava solteira e muito a fim de aproveitar as quatro noites para conquistar um amor definitivo.

Ela aceitou o convite da outra certa de que ia ser uma tremenda roubada, imaginou que as duas dançariam sozinhas a noite inteira, acha um horror isso de mulher dançando sozinha, em toda festa tem um monte de mulher dançando sozinha. Vestiu o frente única bege que o namorado dizia que parecia fantasia de Carnaval, imagina, tão discreto, bege! Mas tinha um decote fundo e alças douradas. Para deixar o *look* mais carnavalesco, pôs na testa o colar egípcio de moedas, achou-se linda no espelho, de sandália rasteirinha.

A amiga tinha decidido que chegariam cedo, detesta homem suado. Baile de carnaval, só chegando bem no começo, quando eles estão ainda sequinhos.

Quis o destino que, assim que adentraram o salão de baile do SPFC, fossem cercadas por quatro rapazes animados e bonitos que as puxaram para dançar. Um com colar de havaiana, um que dançava equilibrando na testa a latinha de cerveja, um de boné, que se apresentou como "o Fred" e ficou com a amiga dela, e Marcelo, o dos olhos verdes, que se apossou dela como co-folião.

Mais tarde as namoradas dos outros dois rapazes chegaram e os oito se mantiveram juntos a festa toda. Pela madrugada, depois de algumas visitas em grupo ao banheiro para retocar a maquiagem e gargalhar, ela e a amiga já estava íntimas das outras duas garotas. Na noite seguinte todos assistiram ao desfile das escolas de samba no camarote de uma empresa de telefonia, com credenciais que a amiga jornalista descolou; no domingo voltaram ao clube; na segunda-feira foram a um baile de cabeças fantasiadas na casa de uma *socialite* amiga do Fred.

A essa altura ela e Marcelo já tinham passado por todos os estágios emocionais de um longo amor: o flerte e a conquista no primeiro dia, troca de olhares, abraços, um beijo quase roubado, quase dado, o encantamento um com o outro durante as horas que passaram juntos, saudade quando se afastaram por outras poucas horas, provocação e atiçamento, negaceio e posse. No sábado tinham formado um par, inegavelmente um par, ele já sabia que ela tinha namorado e disse que não se importava, vamos ficar juntos nesses cinco dias, e sejoquedeusquiser.

No domingo tinham se transformado num casal, ele ciumento perguntava pra onde ela tava olhando, puxava-a possessivo quase com fúria, cantava num arremedo de alegria desafiando os outros machos com a mão esquerda socando o ar enquanto insinuava a mão direita por baixo da blusa dela, que tinha as pontas amarradas diante do umbigo, sobre o shortinho. Ela se desvencilhava zangada, escuta, sem essa, tá? Eu tenho namorado! Se você não consegue ficar comigo sem ser inconveniente, tchau!

Então aquela festa da segunda-feira na casa da grã-fina não podia mesmo rolar muito legal, estava um clima meio assim, entende? Marcelo sorumbático pelos cantos da casa enquanto os outros sete tentavam sambar como se nada houvesse. Até que os três amigos dele a arrastaram pelo chão, dois puxando pelos tornozelos e outro por uma das mãos – a calça branca ficou escura no bumbum – e a levaram até Marcelo:

– Conversem! Resolvam essa história!

Os dois ficaram se olhando, os amigos foram embora e ela ainda sentada no chão disse, olhando para o alto:

– Olha, Marcelo, não faz charminho, tá? Eu não resisto a homem triste e sei que você não é assim. Está só fazendo tipo.

E essa era a situação na terça-feira do carnaval do ano passado, quando estavam de novo no clube, tentando recuperar o clima feliz do primeiro dia e no último intervalo da banda ela foi ao banheiro. No caminho, sentiu o puxão no braço:

– Ana Rute?! O que você está fazendo aqui??

Ela se voltou e viu o namorado, bronzeado, ombros descascando de excesso de sol. Uma incredulidade insuportavelmente alegre fez com que ela perguntasse o óbvio:

– Lucas, você tá aqui?

E depois:

– Quando voltou?

– De longe te vi, pensei "reconheço esse cabelo em qualquer lugar do mundo".

Aí ele repetiu:

– O que você está fazendo aqui? Voltei hoje, te liguei, deixei recado no seu celular.

– Deixa eu retocar a maquiagem, quando eu voltar a gente conversa.

Ela entrou no banheiro e viu uma ex-colega de colégio, que gritou:

– Ana Rute Lemos, você está linda!

Olhou-se no espelho e achou que estava mesmo, o rosto afogueado pela dança ou pelo encontro, um pouco descabelada, os olhos brilhando, a cintura acentuada pelo tecido da canga verde, curtinha, presa com um broche para o lado, as pernas morenas brilhando sobre as sandálias.

Quando saiu do banheiro, o namorado tinha sumido. Ficou esperando que ele voltasse, não o viu mais. Marcelo veio buscá-la para dançar, ela recusou:

– Meu namorado voltou.

Mas não o viu na multidão que passava, casais e grupos abraçados no é hoje-só-só-só-vai-acabar-já-já. A amiga jornalista reportou que ele estava pulando agarrado a uma nariguda de cabelos cacheados e miniblusa azul, com uma barriga sensacional, e que ela desencanasse e fosse com o Marcelo. Mas ela ficou ali, teimosa, na esperança de ver Lucas de novo. Não viu nenhum dos dois, nem ele nem a nariguda.

À saída do baile ainda achava que Lucas ia aparecer para levá-la para casa e foi a custo que a amiga a convenceu a ir embora.

No celular, de fato, havia um torpedo: "Oi amr voltei m liga."

Passaram o ano inteiro brigando, porque ela não perdoa ter sido abandonada no clube, esperando que ele a puxasse para dançar e depois esperando ser levada para casa, e ele admite que foi com a nariguda para um motel, "era carnaval, pô!", mas garante que nunca mais viu a criatura, "que aliás não chega aos seus pés!". E outra coisa: se ela tivesse atendido ao telefone quando ele ligou, ao chegar, ele nem teria conhecido aquela menina. A culpa, portanto, foi dela. Ou pelo menos é o que ele acha.

Por outro lado, Marcelo não desapareceu do cenário, telefona, manda flores, scraps, mas ela diz a Lucas que "foi fiel o tempo todo", enquanto ele alega que a outra "foi só uma transa de carnaval", além de discordar de que ela tenha sido fiel.

Pior: aquela grande amiga está até hoje com o Fred e vão se casar no fim do ano, e o Marcelo vai ser padrinho, o que complica ainda mais as coisas, porque adivinha quem vai ser madrinha?

Neste carnaval, ela e Lucas foram para a ilha, para a praia dos sonhos dela, ele pela primeira vez em quinze anos deixando de ir pescar com o grupo dos amigos de infância.

Desconfio que passaram os quatro dias discutindo o carnaval passado.

Triângulo escaleno: o refém, o jogo, o encapuçado

Vitória

Deitado no colchão atrás do guarda-roupa, tornozelos e pulsos amarrados, aguçava o ouvido tentando distinguir algum grito de gol.

Não sabia sequer contra que time o Brasil estaria jogando, mas sabia que o jogo era naquele dia e conseguia ouvir o som da transmissão pela TV, sem no entanto discernir as palavras.

Durante o tempo em que estivera ali, por uma combinação entre os apitos dos trens que passavam não muito longe e os de uma fábrica que conjeturava qual seria, criara um sistema de acompanhamento das horas dos longos dias. Sabia que o jogo era contra a Inglaterra ou contra a Dinamarca, dependendo dos resultados da rodada anterior, a que já não assistira. Provavelmente a Inglaterra. Mas, qualquer que fosse o adversário, esse era o jogo que todos tinham dito que seria o melhor da Copa de 2002.

Ouviu rojões. Pela quantidade de estouros, gol do Brasil. Quantos o outro lado já teria marcado? Tinha ouvido o som de um único rojão, momentos antes. Talvez um gol do outro time.

Se estivessem no bairro em que morava, haveria muitos estrangeiros para comemorar um gol de adversários, mas ali, nas vizinhanças daquele barraco, haveria alguém que torcesse pela Inglaterra? Pela Dinamarca?

Naquele momento nem pensava no resgate cujo pagamento não vinha; não pensava se seria verdade que Luísa não se importava com ele, e muito menos se os filhos se importavam: coisas que lhe diziam os sacanas que o tinham levado.

Nem pensava na fome que tinha que saciar com um pouco de arroz e caldo de feijão, a refeição que lhe traziam uma vez por dia. De vez em quando meio pacote de bolacha.

Saber que o jogo estava rolando dava-lhe era uma baita vontade de tomar cerveja, quase sentia o gosto, o borbulhar. O geladinho no céu da boca. Sentiu falta dos amigos, de comentar os lances, de às vezes quase brigar com eles numa competição de cultura futebolística.

O nariz começou a coçar, virou-se todo no colchão para conseguir esfregar o rosto no lençol sujo.

Um dos sacanas entrou ali, no espaço atrás do guarda-roupa onde ficava o colchão em que o deitavam. Rosto escondido pelo gorro preto puxado até o pescoço, como todos os que vinham lhe falar, só dois furos para os olhos.

– Trouxe guaraná. Pra comemorar.
– Como está o jogo?
– Tá no intervalo. Empatado um a um.
– Gol de quem?
– Do Rivaldo, passe do Ronaldinho Gaúcho. No *acrélsimo* do primeiro tempo.

O bandido desamarrou-lhe as mãos, prendeu a esquerda no pé do armário. Ele se sentou com dificuldade, estendeu a outra mão para o copo de plástico.

– Obrigado.
– Valeu.

Voz jovem de pivete.

O bandido parou meio como quem ia voltar, como se tivesse tido o impulso de convidar o prisioneiro para ir ver o jogo com ele.

Voltou mesmo, mas disse foi isto:
– Olha, pega mal o senhor dizer "obrigado", tá sabendo, doutor? Vira tão gente boa que fica até otário.

Ele anuiu com a cabeça e disse também "Valeu", como estava aprendendo a dizer.

– Demorou – respondeu o outro, polidamente. E saiu.

Ele irritou-se consigo mesmo, tinha esquecido de perguntar contra quem era o jogo.

– Ô, amigo! – chamou.

Às vezes chamava e vinham, às vezes ignoravam. Dessa vez o 'amigo' não veio.

Tomou um gole do refrigerante, meio chocho. Estranhou o gosto, não parecia guaraná. Pensou que podia ser alguma coisa que tivessem botado na bebida, algum sedativo, qualquer coisa para dopá-lo, mas descartou a suspeita, não havia motivo para isso, estava ali amarrado, por que iriam se preocupar? Devia ser alguma marca de refrigerante que ele não conhecia.

Arrependeu-se de não ter perguntado sobre a família, nem como estava o segurança que tinha sido baleado no momento do sequestro. Ah, tanta coisa que deveria ter aproveitado para perguntar. Eles nunca respondiam. E ele não tinha como saber se o pouco que diziam era verdade.

Ouviu, de longe, que o jogo recomeçava. Concentrando toda a atenção, podia distinguir um ou outro nome de jogador, reconhecer o tom de voz de algum comentarista.

Gol!

Logo no início do segundo tempo.

Ronaldinho Gaúcho, outra vez? Parecia. Parece que foi isso o que ouviu.

Rojões.

Mais rojões.

Passou-se muito tempo. Muito. Uma eternidade, entre as muitas eternidades que tinha vivido ali.

E então, simultaneamente, vindo de todas as direções, o som de muitos rojões.

O Brasil passava para as semifinais.

Amarrado ali, atrás do armário, ele se sentiu por um instante irretocavelmente feliz.

Triângulos retângulos: um personagem, muitos arquivos, uma esquina

Bug

Na esquina, quando o CD-ROM caiu, os arquivos escorregaram e se espalharam pelo chão. Nem percebi. Peguei o CD vazio, enfiei na pasta e continuei andando, rápido.

Foi só no bar que notei um poema se aproximando, todo torto. Puxou-me a barra do jeans, queria que eu o pegasse no colo.

Depois vi a declaração de IR do ano passado, ali, à vista de todos, escancarada em uma cadeira, numa pose de mulher de vida fácil. Nela os algarismos misturados faziam com que eu declarasse uma fortuna inexistente. Só o imposto consumiria tudo que tenho.

Uma dupla passou de moto. Eles reduziram a velocidade, olharam interessados para aquela devassa, fizeram meia volta. O garupa a puxou, examinou-a. Cutucou o piloto, mostrando um detalhe. Partiram acelerando, levando a minha declaração. Anotei a placa da moto. O que mais eu poderia ter feito?

Só então notei que as fotos na parede do bar eram as minhas. Como não percebera antes? Bem ali, na minha cara! Junto à porta do banheiro, um close do amor da minha vida. Nós dois, abraçados, sorrindo para sempre, noutros tempos.

Junto à chapa em que fritam linguiças, uma pose do nosso grupo, naquele churrasco na casa da Zelina, anos atrás. Amigos que nunca mais encontrei.

Um rapaz com um violão nas costas atravessou a rua. Quando chegou junto ao bar, estacou. Olhou em torno, desconfiado. Em seguida, seu rosto se iluminou, sentou numa banqueta junto ao balcão. Depois de dedilhar um pouco, tentativamente, como quem procura a melodia, pigarreou e começou a cantar minha última composição, aquela que está quase pronta.

O gerente, no caixa, comentou:
– Que legal, Mário! Essa eu ainda não tinha ouvido.
– É nova. Acabei de compor, do nada!
– Do nada? –, perguntei, em tom que pretendi irônico, mas soou amargo.
– Às vezes acontece –, explicou o rapaz. – A música simplesmente baixou em mim.
– Fez um *download*, né? – pressionei.
Ele riu.
– Foi mais ou menos isso... Baixou. Do nada.
E depois de um silêncio, repetiu, ainda pasmo:
– Do nada!

Tentei pelo menos salvar a letra, que ele alterara em alguns pontos, deixando-a meio sem sentido:
– Ali onde você cantou "do coração", por que não substitui por "adoração"? Melhora muito.
– Boa ideia! Posso usar? Você não se importa?
– Não, cara. Vai em frente.

Saí do bar e vi alguns dos meus dados sendo atropelados por um ônibus. Ficaram no asfalto, esmagados, ainda se debatendo, meio ensanguentados, as extensões tentando se organizar:.xls, .pdf,.doc,.pps, wmv,.dwg. Nada, as letras se misturavam aleatórias, formando fantasmas de softwares improváveis.

A carta de amor e despedida balançava nas mãos de uma garota que chorava enquanto a lia em voz alta para os passantes. Alguns lhe jogavam moedas, condoídos. Outros se juntavam atrás dela, tentando ler sobre seus ombros.
– Tanta dor! Tão comovente! Para quem você escreveu isso?
– Não fui eu –, ela explicou entre soluços, aceitando um lenço de papel. – Veio voando, não sei quem escreveu.

Abaixei a cabeça e atravessei a rua, constrangidamente. Todas as cartas de amor são ridículas, disse aquele grande poeta. Que nunca se saiba que aquela carta era minha, escrita na véspera, não enviada. Agora, sei lá se ainda me despeço ou se simplesmente sumo sem explicações. Reescrever tudo? Seis páginas! Sei lá. Ficou mais longa do que eu pretendia.

Chegando em casa, quis verificar o que sobrara no CD. Abri o notebook sobre a mesa da sala. A escrivaninha estava tão entulhada que não havia mais espaço para ele. Das caixas de som, veio a mensagem:
– Atenção. Isto é uma gravação. Esta esquina provocará a destruição de todos os seus arquivos em trinta segundos.
Esquina? Que esquina? Aquela por onde passei?
Pressionei o botão de power num frenesi, sem me preocupar em desligar o sistema corretamente.

– É por isso que estou aqui –, expliquei ao técnico da autorizada, que me observava cético enquanto eu lhe entregava o CD e colocava o notebook sobre o balcão. Com cuidado, como quem larga uma bomba caseira no banco de um avião.

Triângulo invertido: a marca da besta

O homem de boa vontade

– Está bem –, disse o Diabo. – Você venceu. Eu dou o que você quer.

– Venci o quê? E por que você acha que sabe o que eu quero?

O Demo parou de lixar as unhas e sentou-se sobre a tampa da privada. Olhou fundo nos olhos do homem.

– Eu sei –, garantiu.

Justo desviou o olhar. Suspirou e enxugou as mãos sem pressa, com gestos precisos e lentos. Lentos demais, como é do feitio dos justos.

– E o preço, claro, é a minha alma?

– Justamente –, o Demônio concordou, enquanto examinava as unhas com atenção. E viu que estavam bem aparadas e lisas, e viu que aquilo era bom.

Cruzou as pernas, apoiando o tornozelo direito sobre o joelho esquerdo. Começou a lixar o casco e logo parou:

– Não tem uma lixa mais grossa?

Justo suspirou e tirou da gaveta um pedaço de pedra-pome que entregou ao Belzebu, desprendidamente. Teria que comprar uma pedra nova para sua mulher, não queria que ela ficasse dividindo com Satanás objetos de higiene pessoal.

Preparou-se para ouvir a proposta.

Mas sabia com serena certeza que nada neste mundo faria com que se rendesse ao Coisa-Ruim. Nada almejava: nem fama, nem riqueza. Saúde tinha de sobra. Se a perdesse, paciência.

Um dia a saúde se vai, mesmo, para todos os seres vivos, está escrito, maktub.

Nem a posse do corpo da mulher amada, nem dominar todo o conhecimento da humanidade, nada seria tentação suficiente para ceder um milímetro em suas convicções.

Nem a imortalidade, que sabia que não lhe seria oferecida: afinal, como o Diabo poderia reclamar o que lhe é devido se os vendedores de alma parassem de morrer? Mas não, nem isso ele aceitaria: não trocaria a Vida Eterna pela imortalidade.

O Tinhoso jogou no lixo a lixa, que caiu ao lado da lixeirinha de junco, sobre o piso de ladrilhos em cujo desenho se encaixou com perfeição, como um detalhe que o designer se esquecera de acrescentar naquela antes quase perfeita geometria e agora, por fim, completa.

– Fala! Diz logo o que você acha que eu quero! –, exasperou-se o homem, nu, porque no momento em que o Senhor das Trevas se materializara em seu banheiro tinha acabado de abrir a porta do box para um chuveiro rápido.

Pensou que se as torneiras ficassem na parede lateral seria bem mais sensato... Não precisaria molhar as mãos ao abri-las, antes de a água se aquecer. Seria muito melhor, ainda que os canos tivessem que percorrer um caminho mais longo e provavelmente tortuoso.

O Capeta examinava com ternura a pedra-pome:

– Isto veio lá de casa...

– Sim, sim, é pedra vulcânica, é lava. Eu sei. Pode levar de volta, é sua!

E como o Belzebu não se decidisse a falar, concentrado que estava em alisar o casco, Justo pressionou, abrindo os braços:

– E...?

– Não adianta. Preciso de uma lima.

Satã guardou num bolso interno da capa escarlate a pedra que lhe pertencia.

– Não tenho lima! –, exasperou-se o homem de boa vontade.

Começava a compreender o poder da criatura infernal. Estivera a ponto de perder a paciência. Controlou-se:

– Já aviso que não quero nada.
– Ah, quer! Quer, sim! E quer muito!
Pelo vitrô vinha o som de musiquinhas natalinas da casa do vizinho.
– Diga logo, então, que inferno! O que eu quero, afinal?
– O que todo homem de boa vontade quer –, replicou o Diabo, faceiro, orgulhoso por ter levado aquele homem a praguejar. E diante das sobrancelhas intrigadas do interlocutor, acrescentou, quase levianamente:
– A paz na Terra.
O homem bom ficou mudo diante da oferta. Depois de instantes, balbuciou:
– Você pode conseguir a paz na Terra?
– Claro. Se não pudesse outorgar o que ofereço, eu não estaria aqui. De que me adianta fazer uma oferta que não posso cumprir? Se eu não entrego o produto, e tudo direitinho, de acordo com as especificações registradas nas linhas tortas deste documento (exibiu um pergaminho enrolado que retirou de outro bolso da capa cor de púrpura), você não me deve nada... E não me paga, certo? O que aqui está escrito, maktub, será o nosso trato, justo e contratado.
– Tá. E como você sabe o que eu quero?
– Você disse ontem, no bar. Eu ouvi.
O homem se viu sem palavras, ali, no meio do banheiro iluminado pela luz avermelhada da tarde de verão, nu enquanto o sol se punha. Não se lembrava de ter dito nada a ninguém sobre desejos ocultos, vontades, apetites, anelos, aspirações inalcançáveis. Era um homem discreto, pouco expansivo, no bar apenas sorria sobre o copo, enquanto os amigos falavam, riam, xingavam-se alegremente.
Pela janelinha do banheiro, viu o sol rubro de dezembro reproduzir com perfeição a íris dos olhos do Anjo do Mal, que lhe lembrou:
– Você disse que daria tudo, que daria qualquer coisa que estivesse ao seu alcance para conseguir a paz entre os homens.

Diante do silêncio de Justo, o Demo elaborou:
– Todos dizem isso, mas é da boca pra fora. No seu caso, eu sabia que estava ouvindo um homem de palavra. Pensa que não me informo? Lúcifer sabe o que faz.
O homem de palavra continuou sem palavras. Mas que presunção, a daquela criatura!, pensou.
– Não dou ponto sem nó –, concluiu o Canhoto.

A oferta era insuportavelmente tentadora. Justo sabia disso. O Diabo sabia também.
Era uma pechincha, era muito barato. Só uma alma, uma apenas, em troca da Paz no mundo? Uma só alma: justamente a dele!
Justo aceitou. Rendeu-se sem arrependimento.

– Todo homem tem seu preço –, filosofou Satanás, enquanto saía, contrato enrolado na mão direita, assinado com sangue bom; mão esquerda coçando um chifre, na perplexidade que sempre o acomete depois de concluir um bom negócio.

Triângulos macios, ilusórios: homem, bananas e fadas

Fadas

Ele ouviu risadas, pareciam vir da copa. Quem? Sabia que não havia mais ninguém em casa.
Levantou-se da escrivaninha, cauteloso. A copa. Risinhos cascateantes. Onde? Nada que se visse: a mesa redonda sobre os ladrilhos azuis, quatro cadeiras de plástico, a geladeira a um canto.
Dentro da geladeira?
Nada.
Apurou o ouvido. Sim, logo abaixo do lustre, os risos. Delicadas gargalhadas femininas. Sobre a mesa? Uma fruteira com pedestal. Nada de extraordinário nela: maçãs, laranjas, bananas. Duas laranjas, três maçãs; duas bananas em um cacho que já tivera dez. Aproximou o ouvido: parecia, sim, que vinham de lá as risadas.
Uma das bananas pareceu trepidar. Ele viu que tinha uma aparência estranha, meio estufada. Mofo? Arrancou-a, separando-a da outra. Cautelosamente a descascou.
E ali estavam, entre a fruta e a casca!
Ele atirou a banana ao chão, num gesto surpreso de susto e nojo; nojo que logo foi substituído por um maravilhamento incrédulo.
Fadazinhas – ou coisa parecida – mulherinhas (coisas vivas, bípedes e aladas), do tamanho de saúvas, com pequeninas asas irisadas, algumas nuas, outras com vestidinhos azuis e rosa, desceram rindo da banana para o chão da copa, correram para a co-

zinha, passaram por baixo da porta, fugiram para o quintal. Uma fada que ficara presa sob a fruta ergueu-a com um gemido de esforço, escapou da prisão e, com um grito agudo de medo do homem, correu atrás das companheiras.

Ele destrancou a porta de ferro, procurou a danadinha. Noite de lua clara. Ouviu risos entre as gavinhas do pé de chuchu. Olhou para cima e o som de riso já não parecia vir do alto, mas do fundo, de dentro dos tomateiros. Revirou as plantas, não viu nada. Silêncio, exceto por uma buzina pressionada na estrada, fora de hora. Mas talvez – ou seria ilusão? – de cá e de lá, risinhos abafados, como se agora elas cobrissem, com as pequeninas mãos, as bocas minúsculas.

Olhou para um lado e para outro, entrou em casa, trancou a porta com uma última verificação do entorno.

Foi até a copa, mãos no bolso, assobiando baixinho. Encostou o ouvido na banana que restara sobre a mesa. Observou-a por todos os lados, tocou-a com o dedo médio da mão direita e retirou a mão no mesmo instante. Criou coragem e tocou-a novamente. Destacou a fruta do talo.

Com cuidado atento, descascou-a.

Estava vazia de fadas. Apenas uma banana como qualquer outra. Ele suspirou e comeu-a, pensativo, conformado.

Seis triângulos compartilham um mesmo vértice

Café Modelo

Por pouco não desistiu de parar o carro no Café Modelo. Chegou a acelerar de novo, freou, voltou de ré. Sentiu um quase enjoo, uma sensação que ficava entre a náusea e o frio na barriga. Por que voltava? Era quase um vício.

Era um vício.

Entregou o carrinho modesto ao manobrista, atrás de um Audi prata.

– Tá bom o movimento hoje, Tonho?

– O de sempre. Vai demorar?

– Depende de quem estiver aí. Faz diferença pra você?

– Vou deixar seu carro ali perto da entrada. Se sair cedo, já tá na mão.

Empurrou a porta consciente do desgosto consigo mesmo por estar voltando. Por que precisava disso? Não ia lá por opção. Ia porque precisava.

A sala estava cheia, em semipenumbra, quase todas as mesas ocupadas. A música naquele volume que permite conversar, mas não deixa ouvir o que se diz na mesa ao lado. A não ser que as pessoas quisessem ser ouvidas – e sempre há quem queira. Há os que falam alto para que todos ouçam o quanto são engraçados; há os que querem que saibam que estão apaixonados e são correspondidos; há os que estão indignados com alguma coisa e fazem questão de chamar atenção para isso. Mas os frequentadores do Café Modelo são, na maior parte, pessoas discretas e reservadas.

De cara, assim que abriu a porta, acostumado que estava a avaliar o salão no primeiro relance, Sávio notou Ângela junto da entrada; observou Adriane e Luciane, as estudantes de letras, irmãs, idênticas (embora uma fosse loira e outra morena), sentadas com dois coroas a uma mesa no meio do salão; registrou com um jato de adrenalina, um gosto de metal no fundo da garganta, que Mariam estava sozinha numa mesa meio escondida atrás do L do balcão do bar. Sempre que a via sentia esse gosto, o impacto, o mesmo gosto que sentira quando certa vez espatifara seu fusquinha contra um muro.

Tetê dançava sinuosazinha com um homem gordo que sabia dançar direito, coisa espantosa. Domingos Sávio desviou os olhos, não se acostumava a ver sua irmã no meio do pessoal do bar.

Mariam iluminou-se ao ver que ele chegara. Sorriu de leve. Jogou-lhe um beijo que Sávio não retribuiu. Em vez disso, preferiu parar junto à porta de entrada e permitir que Ângela se pendurasse em seu pescoço.

– Querido.

Deixou-se abraçar, de braços abertos. Depois retribuiu o abraço, sabendo que todas estavam de olho, cada uma contabilizando quantas ele cumprimentaria antes que chegasse sua vez. Uma hierarquia de importância emocional. Lutavam por essa importância. Girou com Ângela pendurada no pescoço, dando-lhe uma atenção dedicada e exclusiva, como se fosse a única mulher no mundo. Por fim largou-a no chão com um beijo no rosto:

– Linda! Deixa eu ir cumprimentar o pessoal.

Ela o puxou pela mão:

– Fica comigo, Sávio.

– Fico, meu anjo, mas deixa eu falar com as outras meninas. Eu volto.

O olhar de Mariam já estava escuro, sombrio. Domingos Sávio parou na mesa das duas irmãs, rapidamente, cumprimentou o quarteto com os dedos tocando a testa, numa espécie de cumprimento militar. Os homens que estavam com as meninas encararam hostis o rapaz alto de olhos azuis, uma ameaça para qualquer macho. Mas com pinta de quem não tem grana – e por isso a hostilidade vinha temperada de desdém.

– Seu amigo? – perguntou um deles a Adriane.

– O mais querido de todos – foi Lu quem respondeu, piscando para Sávio.

Ah, era para isso que ele vinha, para sentir essa aprovação total, essa disputa pela sua atenção. Por isso e também por Mariam, mas talvez principalmente por isso. Os coroas contraíram o rosto, um deles cerrou os punhos sem perceber, instintivamente beligerante. O que estava com Adriane insistiu:

– Perguntei a *você* se é seu amigo.

Ela sorriu:

– A Lu já respondeu: o mais querido. E é o mais querido, sim. Não faz cena. Vamos dançar. Vem.

Puxou o homem pela mão, ele a seguiu feito um cavalo puxado pelas rédeas. Era baixo, largo e bem vestido e olhou ameaçador para Sávio, ao passar. O que estava com Lu grunhiu:

– O mais querido? Fique com ele, então.

– Olha que fico... não precisa dizer duas vezes.

Ela riu.

O homem olhou-a de lado, a atração pela garota indisfarçada no rosto. Olhou depois em torno, procurando outra com quem encenar suas fantasias. Nenhuma, só aquela lhe lembrava a primeira namorada, a que se mudara para a Austrália com a família aos quinze anos, a que ele nunca chegara a comer. Apertou o braço da Lu.

– Quieta, Luciane. Você sabe que tem que ficar comigo. Quer perder o emprego?

Trocaram olhares furiosos, parte de um jogo que jogavam havia anos. Lu virou as costas para o homem, birrenta, enquanto observava a dança de Adriane. Exibida, aquela Drica! Rebolando à passagem do Sávio, os braços erguidos realçando mais os seios, virada para ele, oferecendo-se.

Se Sávio não se desviasse teria esmagado aqueles dois melões. Ao evitá-los, riu para a Dri:

– Depois vou te catar pra dançar, você não me escapa hoje. Prepare-se.

Ela botou a língua para ele, feito uma moleca. O parceiro de dança puxou-a, apertando contra o corpo as ancas estreitas, as mãos nas nádegas empinadas, redondinhas.

No controle do som, Edu, atento ao movimento na pista, mudou a música para um bolero adocicado. O gordo passou a dançar com Adriane de rosto colado. Em pouco tempo gemia baixinho, no ponto de subir para uma suíte. Ela cantava com voz grave no ouvido dele, passando os dedos pela nuca avermelhada. Agora estava totalmente profissional.

O olhar de Mariam cada vez mais escuro. Sávio sorriu para si mesmo. Assim é que a queria, doida de ciúme. Parou no balcão do bar.

– E aí? Tudo em cima?

– Vai beber o quê? Se não quer nada, nem para aqui, que não gosto de olhar pra homem com cara de boneca.

– Seja gentil, Joca. Senão, conto pra todo o mundo onde foi que te conheci.

Os dois riram a risada dos que se insultam por amizade.

– Dá uma vodca com pouco gelo.

– Quem vai pagar?

– Não enche, mano. Bota na minha conta. Já me viu não pagar?

Mas, ao mesmo tempo em que dizia isso, Sávio tirou a carteira do bolso e destacou uma ficha da cartela usada para o pagamento das bebidas e dos serviços da casa. La Lisandra entregava-lhe uma dessas toda semana. Se acabasse, certamente lhe daria outra. Joca serviu o drinque e Sávio aboletou-se em uma banqueta junto ao balcão, com jeito de quem não tem a menor intenção de sair dali. Ângela veio se sentar na banqueta ao lado, cruzou as pernas, deixou cair um sapato; com a ponta do pezinho vestido de meia transparente acariciou Sávio, introduzindo sob a barra da calça os artelhos de unhas pintadas.

– Bela tatuagem – ele disse.

Abaixou-se, segurou o pé da moça e levantou-lhe a perna até deixar a tatuagem do tornozelo ao nível dos seus olhos, o que expôs as coxas lisas aos olhos dos outros frequentadores. Ela ajeitou-se na banqueta, abrindo um pouquinho mais as pernas, oferecendo-se para ele. O cara que sempre se sentava sozinho na mesa do fundo começou a babar.

Sávio valorizava a mercadoria como ninguém no mundo. Por isso é que La Lisandra o mimava tanto. Essa era a casa mais rentável, se houvesse um freguês como ele em cada um dos seus bares, alguém que fizesse aflorar assim a feminilidade das meninas, talvez todos rendessem tanto quanto o Café Modelo. La Lisandra chegara a propor uma espécie de parceria, um cachê para que Sávio desse uma passadinha em todas as outras casas, mas ele não se interessou. Gostava mesmo era da turma de lá. Ia por prazer. Aliás, não sabia ficar sem ir. Viciado, sabia. Chupou longamente, através da meia, um dedão do pé de Ângela, que riu:

– Ainda bem que hoje pus minha calcinha mais bonita.

Mariam ergueu-se, saiu em direção ao banheiro, nos fundos do salão.

Sávio soltou o pé de Ângela, apoiando-o no cilindro de aço que circundava a base do balcão. Ela deitou a cabeça no ombro dele, fechou os olhos.

– Você me leva pra faculdade, daqui a pouco? Queria tanto chegar lá com você...

Edu largou o controle do som para vir dizer que o supervisor lá em cima estava reclamando. Que Ângela circulasse pelo salão ou se sentasse sozinha, para atrair companhia. Nada de ficar tanto tempo com bonitão que não gasta.

– Que ódio. Você me chama, Sávio, quando estiver saindo?

– Claro, bela. Você é minha anja, não é?

Pena que Mariam não estivesse mais ali para ver a cena, pensou Ângela enquanto calçava o sapato devagar. Saiu andando em requebros, musa aliciante entre as mesas, parando para falar com um e outro até que o deputado a chamou para apresentá-la a um amigo do Rio.

Sávio girou a banqueta, sorrindo, esperando ver Mariam no lugar onde estava quando entrara. Agora se dedicaria inteiramente a ela.

Sentiu um baque ao ver que tinha saído. Fizera questão de se manter de costas para ela durante toda a encenação com Ângela, de parecer indiferente. Com quem ela tinha subido?, corroía-se. Mas não perguntaria a ninguém, ah, isso não.

Mariam retocava a maquiagem diante do espelho do banheiro quando Tetê entrou.
– Que foi? Chorou?
– Me deixa.
– Não esquenta, cunhadinha. Todo o mundo sabe que o Mingo é seu.
– É nada, Tê. Seu irmão não é de ninguém.
Pelo autofalante do interfone do banheiro veio a voz de Edu:
– Dona Lisandra mandou vocês duas se despacharem, que tem freguês. É para irem para a mesa 9.
As duas moças saíram de mãos dadas.
Sávio sentiu um alívio imenso ao ver que Mariam não subira. Com o copo na mão, começou a dançar diante de uma ruiva que ainda não conhecia e que sorriu para ele como toda mulher sempre sorrira, desde que ele tinha doze anos. Mariam e Tetê foram para a mesa em que um homem careca com os cabelos loiros penteados para a frente ergueu-se para recebê-las. Edu observava, preocupado. Sabia que se o cliente só quisesse companhia, não haveria problema, mas se quisesse subir com duas, como gostava de fazer, Mariam não iria. Uma vez em que a obrigaram a subir com uma amiga, tinha tido uma crise de vômito.

Edu pensou em pedir a Sávio que fosse buscar Mariam, deixando Terezinha com o homem. Se ele quisesse duas meninas, chamariam alguma outra.
Mas Sávio já abraçava pela cintura a ruiva, que dançava de olhos meio fechados, tomando de vez em quando um gole do copo dele, a fenda da microssaia escocesa abrindo-se, deixando entrever o alto do alto das longas coxas. O bonezinho também xadrez tinha caído no chão e ela não se dera ao trabalho de pegar. Edu olhou aquilo, sabendo que Sávio pagaria como qualquer clien-

te, se a novata o levasse para um quarto – o que provavelmente aconteceria. Achou que era melhor deixar os dois e ir ele mesmo buscar uma das meninas, antes que o cliente resolvesse subir.

– Sinto muito, doutor, mas tem gente precisando de uma das suas garotas. Qual que o senhor me permite levar?

O homem, meio bêbado, recitou um uni-duni-tê e escolheu Mariam. Tetê se levantou com um sorriso:

– Sou boa perdedora, na próxima vez vou ter mais sorte.

O careca levantou-se levando Mariam, ela fingindo que fingia não querer subir, ele puxando-a brincalhão escada acima. Ela foi rindo, morrendo por dentro, sem arriscar sequer um olhar para a pista de dança. Tetê, dançando sozinha, foi chegando perto de Sávio.

– Cretino. Nunca vou te entender, mano, juro que não.

Ele abriu os olhos, meio em transe com o corpo da ruiva de costas, encaixado no dele.

– Cala a boca, maninha. Vai trabalhar, vai. Vai fazer o que você sabe.

Olhou para o alto da escada, onde Mariam desaparecia abraçada ao careca loiro. Como a odiava. Como desejava cada milímetro do seu corpo.

Amanhã eu volto, pensou, zonzo de vodca e do desejo deflagrado pela mulher desconhecida que se enroscava nele movimentando-se no ritmo do baticum da música techno. Levou-a para uma suíte, usou-a a noite toda chamando-a pelo nome da outra, alucinado em pensar no que se estaria passando no quarto ao lado.

Triângulo isósceles: o pai, o menino, o pássaro

Soluços

Pelas vozes sabia que estava em outra casa. O cheiro também, diferente. Mas agora não via mais nada. E então chorava, chorava.
– Que lindo, papai. Eu gosto desse passarinho novo. Canta mais bonito que os outros.
– É que furaram os olhinhos dele, filho.
– Furaram?!
Enquanto o pai prendia na parede da copa um gancho para pendurar a gaiola do assum-preto, o menino, horrorizado e curioso, aproximou-se do pássaro,
– Quem furou?
– As pessoas que vendem. Sempre fazem isso.
– Por quê?
– Pra ele cantar mais bonito.
– Mas... por que ele canta mais bonito de olho furado?
– É que assim não se distrai, só pensa em cantar.
– É?
Enquanto pai e filho conversavam, o assum-preto chorava abandonadamente.
Chorava choro de pássaro.

A natureza é sábia: fez o som do choro das crianças intolerável para os ouvidos de seus semelhantes. É uma forma de proteção. A mãe fará qualquer coisa para fazer cessar o choro do bebê. Na falta da mãe, sempre haverá quem diga: "Alguém dê uma mamadeira para essa criatura, pelo amor de Deus! Ou então pegue no colo, embale, dê-lhe um biscoito, uma colher de mel!" Mas o choro dos pássaros só é insuportável para os outros pássaros.

Ninguém sabia, naquela casa, que o novo membro alado da família estava soluçando em desespero, lamentando a nova perda. Uma semana depois de perder a liberdade, a alegria de poder voar, perdera agora o jeito de olhar o mundo.
O canto era lindíssimo.

Triângulos gêmeos

Onze de Setembro

Que raiva, não poder ir ao casamento da Larissa.
Abriu o armário, inconformada. Admirou ainda no cabide o vestido azul de organza que mamãe fizera especialmente para o casamento. Imaginara-se dentro dele, os cabelos presos para cima como os da prima.
Não que fossem parecidas. E nem queria parecer com ela. Larissa era alta, loira, clara, grande. Bonita, mas não queria ser como ela, não. No espelho da porta do armário Inês se viu: miúda, morena, delicada. Esticou a camisolinha de algodão sobre o corpo. Os músculos cobriam a ossatura estreita em arredondamentos femininos: as coxas torneadas, a cintura que papai ainda podia circundar com as mãos quando brincava chamando-a de fadinha dos bosques.
Raiva, raiva, raiva. Perder a festa que devia estar começando naquele instante. Pensou na prima saindo da igreja, lá em São Paulo.
Igreja mórmon, por isso papai proibiu que fossem. Ela e mamãe com os vestidos já prontos quando papai ficou sabendo da religião do noivo da prima. O vestido da mamãe, de renda creme, forro lilás sob a renda. Mamãe ficava linda de qualquer jeito. Agora, em vez de estar no altar, assistindo ao casamento, certamente estava na varanda, tomando o café da manhã com o papai. Inês pensou nos queijos, nas geleias, no chá sobre a mesa antiga. De que seria o bolo, hoje?

Ai! Pensou no bolo de casamento de Larissa. Imaginava-o em três andares, como os dos filmes, coberto de violetas, no centro de uma longa mesa de doces em torno da qual conversavam os convidados, enquanto outros estavam ainda chegando, em carros luzidios, carros todos pretos na sua imaginação, os manobristas se adiantando deslizantes, abrindo a porta, bom dia, senhorita.

Bom dia, ela responderia, num sorriso polido de senhorita. Ai.

Ainda com o tecido da camisola esticado diante do corpo, olhou-se de novo no espelho, de perfil, e distraiu-se conjecturando se os seios ainda cresceriam ou se ficariam assim para sempre, pequeninos. Pequenos, sim, mas já com tamanho suficiente para definir uma sinuosidade na camisola. Aproximou o rosto do espelho, olhou-se de perto. Larissa não é mais bonita do que eu. Acho que não. Levantou os cabelos, segurou-os com as mãos no alto.

– Inês!

Largou os cabelos, o tecido da camisola esvoaçando com o movimento súbito de baixar os braços. Fechou a porta do armário.

– Inês, você não vem?

– Já vou, mãe!

Pegou em cima da cadeira o jeans que tinha tirado na véspera. Fora para a cama cedo, por pura frustração, depois de discutir com o papai e desistir de fazê-lo concordar com a ida a São Paulo. Quase chorou, mas sabia que lágrimas não adiantariam.

Vestiu a camiseta que tinha ficado no chão, junto à cama. Ia enfiando os pés nos tênis velhos quando de repente aquele demoninho que morava nela os jogou para o alto. Não.

Arrancou as roupas que já vestira, tirou de novo do armário o vestido azul, o que não mais usaria no casamento, pôs diante de si a organza, contemplando-a, braços estendidos. Vestiu-se. Pinicava. Vestidos de organza pinicam a pele; por isso as mães nunca usam, pensou.

Mas era lindo, com um cinto largo de pregas que definia ainda mais a cinturinha adolescente, fechado por um ramo de flores em azul, rosa, lilás. Dessas coisas que só em casamento, mesmo. Quando mais poderia usar algo assim? Na sua festa de quinze anos? Guardar o vestido para dali a dois meses? Não: na festa de quinze anos ia querer um longo. Este era um vestido ensolarado, um vestido para usar num casamento campestre, de manhã. Uma festa como estaria sendo, agora, a de Larissa.

Abotoou nas costas os pequenos botões revestidos de tecido, vestiu as meias um pouquinho mais escuras que a pele bronzeada, calçou os sapatos brancos de salto alto. Isto sim, era difícil de usar. Mais que o vestido de organza. Desajeitada, testou dois passos meio capengas. Imaginara-se tão elegante ao usar aquilo, e agora – nada. Gargalhou para a imagem no espelho, achou que parecia um biguá recém-nascido tentando se equilibrar.

Ah, que droga. Nem festa, nem doces de casamento, nem bolo, nem o abraço na prima que adorava, nem o coral cantando na igreja, nem a orquestra de cordas durante o almoço no Clube de Campo, nem dançar com algum príncipe encantado que olharia de longe para ela e atravessaria o salão em passos deliberados, estendendo-lhe a mão sem dizer nada. Os dois valsariam olhos nos olhos sabendo que ficariam juntos para sempre. Como nos desenhos animados.

Valsar ela sabia: isso se aprende no colégio. Freiras dão valor a essas graças sociais. Freiras ensinam às meninas História, Literatura, Matemática, Geografia, Ciências, Inglês, tudo o que é preciso para entrar numa boa faculdade. E ensinam bordado, culinária, tricô. Tudo que uma mulher deve saber para ser uma boa esposa. E Latim, Filosofia, Francês. E Música e Dança, para que suas meninas brilhem nas festas. Riu imaginando Irmã Maria do Socorro dançando uma valsa. Não, claro que ela não dançava. O colégio contratava professores para ensinar essas coisas mundanas às filhas dos fazendeiros. A Irmã só supervisionava as aulas, que incluíam até tango, rock'n roll, passos capetas de forró. As irmãs do colégio Coração de Sant'Anna, elas mesmas moças da alta sociedade, não limitavam o mundo das suas pupilas.

Primeiro colégio no interior de São Paulo a oferecer aulas de educação sexual. "Cáspite", disse o vovô quando soube disso. "Você não devia ter contado a ele", papai censurou mamãe. E mamãe riu. "Ele é muito mais moderno que você, meu amor".

– Inês, você não vem?

A voz da mamãe agora soava zangada. Inês saiu do quarto correndo, entrou na varanda tropeçando nos sapatos de salto. Papai, pasmo:
— Menina, o que é isso?
— Se não posso ir à festa, pelo menos vou usar o vestido.
Mamãe apertou os lábios. Estreitou os olhos cinzentos: sinal de irritação. Olhos iguais aos de Larissa. Muito natural, já que mamãe e tia Bartira são gêmeas.
Inês não: tinha os olhos negros do papai, brilhantes, com uma centelha de fogo brilhando no fundo, um reflexo avermelhado. Olhos de menina que apronta, dizia vovô com ternura.
Ela se sentou na cadeira de palha trançada, com furinhos de caruncho; as cadeiras da varanda estavam ali desde sempre, desde o tempo em que brincava de casinha, juntando quatro cadeiras para formar o lar das bonecas. Começou a encher a xícara com leite.
— Inês, vá trocar de roupa.
— Por quê?
— Deixe a menina — disse o vovô. — Está linda assim.
Silêncio em torno da mesa. Inês puxou o prato de bolo de fubá, cortou uma fatia.
— Eu queria mesmo era comer bem-casado.
Papai olhou para ela com o olhar atento que usava quando queria se desculpar. O que era bem frequente.
— Filha, entenda. Somos católicos, não devemos participar de uma cerimônia de... polígamos.
— Bobagem — disse o vovô. — Besteira, *bullshit*.
Papai franziu as sobrancelhas.
— São cristãos também, Genésio. — disse a mamãe a ele. E vovô continuou:
— Não é mais assim! Esse negócio de poligamia, isso era antigamente. E depois, hoje em dia é tudo ecumênico, seu moço, não lê nos jornais? Até o rabino lá em São Paulo celebra cultos junto com os padres. Quando eu era menino diziam que os judeus tinham crucificado Jesus Cristo. Hoje rezam missa junto com a gente. A Larissa está se casando com um pastor mórmon, minis-

tro, sei lá. Qual é o problema? Se fosse padre, não casava, mas pela religião dele, pode casar, constituir família, ter filhos. Pode, não: deve! Você é muito antiquado, Genésio, muito antiquado. Sua mulher não é assim, não. E eu sou mais jovem que vocês dois. Por mim eu teria ido a esse casamento. Só não estou lá porque não dirijo mais. A gente fica velho e começa a precisar da autorização dos filhos para viajar. E até do genro! Mas quer saber? Abençoo. Que sejam muito felizes e tenham uma penca de mormonzinhos.

– O senhor é que é muito avançado, doutor Zé. Se Moema me escolheu tinha motivo. Decerto queria os filhos criados por alguém com juízo na cabeça.

O olhar de ternura irônica da mamãe para o papai desmentia todas as censuras que ela lhe fazia de vez em quando. Mas os mesmos olhos cinzentos voaram de volta para Inês:

– Vá, filha, largue aí esse bolo e vá trocar de roupa. Quer sujar o vestido novo? Não vai faltar ocasião para usar. Você vai ver. Daqui para a frente, vai ser uma festa só. Uma atrás da outra.

Verdade. Depois dos quinze anos, as meninas de Serra de Dentro entravam numa roda-viva de festas que só cessava com o casamento, quando passavam para outro nível de roda-viva, alçadas à categoria de jovens-esposas-de-jovens-fazendeiros. Inês não gostava muito de pensar nessa parte do seu futuro. Preferia a vida dos que eram apenas um pouco mais velhos que ela, os que iam cursar faculdades nas cidades próximas e voltavam nos fins de semana para a badalação nas fazendas, as brincadeiras nos carros que ganhavam de presente ao entrar para a faculdade, as noites atravessadas em namoros e bate-papos.

– Vai, Inês.

– Que que eu visto?

– Qualquer coisa, menina. Um maiô. O que quiser.

Inês ia se levantando, obedecendo, quando Fábio apareceu. Parou junto à mesa, falou com o pai, ignorando os outros:

– Pai, eu estava lendo os e-mails...

Foi interrompido pela mãe:

– Quer fazer o favor de dar bom dia, Fábio? E vá lavar as mãos para o café. Não estou gostando dessa história de você passar o

dia todo no computador. Quis tanto um cavalo, ganhou um puro-sangue, e agora não sai do quarto.
– Pai!
Genésio levantou a cabeça, percebendo o tom agoniado na voz do filho mais velho. Mamãe continuou:
– O Tropical, coitado, está abandonado, ninguém monta ele. Você não come, não dorme, não sai de casa. É só o micro o dia inteiro... Periga não estar nem tomando banho.
Genésio interrompeu:
– Deixa o menino falar, Moema.
Fábio ignorara a mãe, de qualquer forma. Tinha os olhos pregados no pai:
– Pai, eu estava abrindo os e-mails...
– Fala de uma vez, filho.
– Você está branco, Fá – disse Inês.
– Pai, você sabe que eu assinei o New York Times pela net...
– Sei, filho.
– Depois que já tinha entrado o jornal normal, que entra todo dia... eu estava lendo os e-mails... e entrou uma notícia em edição extra. "Airplane crashes into World Trade Center". Eu... nem abri, sabe? Achei que era algum monomotor. Mas agora veio outro: "Second plane hits World Trade Center"!
Papai, confuso:
– Que tamanho de avião?
Fábio ia responder, mas naquele instante o telefone tocou e era tia Bartira. Ela só disse: "Moema, liga a TV" e desligou. Mamãe franziu as sobrancelhas, correu para a sala, os outros foram atrás sem saber o que fora dito. Ela zapeou pelos canais de notícias. Mudos, todos viram as torres em chamas. Vovô enterrou o rosto nas mãos:
– Meu Deus! Cinquenta mil pessoas! Cinquenta mil pessoas trabalham lá!
Vovô chora à toa.
Mamãe foi a primeira a lembrar:
– E os parentes do Paul? Moram em Nova York?
Paul: o noivo de Larissa, agora marido. Ninguém na fazenda o conhecia. Moema pegou o telefone.

– Larga isso, menina – ordenou o vovô. – Depois você liga.

Depois souberam que na festa de casamento os telões tinham passado a exibir as cenas da CNN. Não houve dança nem música, todos silenciosamente acompanhando a destruição, como no resto do mundo.

À tarde Moema ligou para a família, em São Paulo. Tinha sido difícil, na véspera, dizer à irmã que não iriam mais ao casamento. Mas Bartira conhecia o temperamento turrão do cunhado e sua religiosidade, sabia que Moema teria tentado de um tudo para convencê-lo a ir. Pelo telefone, contou da cerimônia, do vestido que a filha usara, dos parentes do noivo, que tinham vindo para a cerimônia. Não, eles não tinham ninguém em Nova York, eram todos de uma cidade pequena, no interior de Utah. Mas não podiam voltar. Todos os voos para os Estados Unidos tinham sido cancelados.

– E a Larissa?

– Larissa está ótima. O único problema... é a lua de mel. Eles iam para Nova York. Estão pensando agora em ir para uma praia...

– Será que ela não quer vir para cá?

– Para a fazenda? Quem sabe... Mas passar a lua-de-mel com a família?

– Ah, Bartira, pergunta pra eles. Vai ser bom o Paul conhecer o lugar onde a mulher dele cresceu.

Pouco depois, Larissa ligou. Mamãe atendeu e ao desligar disse que os recém-casados viriam.

– Genésio: comporte-se. É filha da minha irmã, não quero que o marido dela se sinta mal aqui, seja qual for a religião dele.

– Minha birra é que eles são polígamos.

– Que polígamos que nada! Isso era antigamente, você não ouviu meu pai dizer?

Mamãe mandou Jerusa encerar o quarto de hóspedes, cortou flores para enfeitar a casa toda e foi à cidade comprar roupa de cama com cara de enxoval de noiva. Inês foi junto, entusiasmada; escolheu um jogo de lençóis com bordado de raminhos de alfazema e toalhas de banho combinando. Estava feliz por receber a prima; quase se sentia consolada por ter perdido a festa que afinal não houve.

Quando o carrinho de Paul começou a subir o caminho para a entrada da casa, a mesa estava posta e o cheiro que vinha da cozinha anunciava as iguarias da região norte de São Paulo. Larissa poderia matar as saudades da infância em Serra de Dentro.

Inês saiu correndo para abraçar a prima, que abriu a porta do carro velho, verde claro desbotado pelo sol: o carro do agora marido dela. Prendeu Inês num abraço apertado.

– Nenê, como você tá grande!
– Credo, Lári... parece as tias, dizendo que cresci.
– Mas é verdade! A última vez que te vi, você ainda era uma garotinha. E faz pouco mais de um ano. Já tem namorado?
– Claro que não! Você acha que papai deixa eu namorar? Também... aqui não tem ninguém interessante.
– Eu com a sua idade já namorava. Você tá com quatorze, não é?
– Em São Paulo é diferente.
– Nada! Aqui mesmo... Nas férias. Mas só namorei de verdade quando conheci o Paul. Vem cá, vou te apresentar. Tia Moema, tio Genésio, vovô, Fábio, venham conhecer o Paul.

Enquanto Larissa conversava com a prima, Paul estivera tirando as malas do banco de trás do carro. Ressabiado, pouco à vontade, sabendo que esses parentes da sua esposa tinham se recusado a ir ao casamento, apertou as mãos de todos, tentando gravar os nomes. Entrou carregando as malas, mas os garotos da Jerusa as tiraram de suas mãos.

Quando Larissa fechou a porta do quarto, abraçou o marido.
– Você não sabe o que significa pra mim estar aqui com você. A fazenda é a lembrança mais gostosa da minha infância. Esse cheiro... Tá sentindo? O cheiro de flor?

Ele retribuiu o abraço. Fazia calor demais, tinha gente demais para conhecer, achava estranho passar a sua honeymoon ali, rodeado de parentes da esposa, estava mais preocupado com o que acontecia back home do que com sua vida pessoal.

Enquanto isso, na sala, Fábio comentava:
– Ele não tem sotaque.
– Claro que não. Cresceu no Brasil, os pais são missionários.
– Quero saber onde anda o Genésio – era a preocupação de mamãe.
– Saiu. Disse que só volta à noite. – respondeu Jerusa.

Moema escondeu o espanto com um dar de ombros, mas ficou preocupada. Saíra sem se despedir dela? Só faltava ele resolver hostilizar o marido da Larissa. Ia ser complicado.

O casalzinho saiu do quarto de mãos dadas, sentaram-se diante da TV que mostrava ainda, como mostraria por semanas, as imagens do trabalho de resgate nas torres. Paul apoiou os cotovelos nos joelhos, o queixo nas mãos. Via-se que apertava os maxilares, tenso. Larissa acariciava suas costas. Inês olhava para as mãos da prima deslizando pela camisa do marido, pensando como seria ser casada com um... com um... padre, afinal de contas!

Larissa cruzou o olhar com Inês. Sorriu.
– Senta aqui – bateu na almofada ao seu lado.

Inês levantou-se da poltrona e se sentou junto da prima.
– Me conta como foi a festa?
– Ah, com aquelas notícias todas... Nem teve festa! Saímos da igreja e já ficamos sabendo! Imagina. E os parentes do Paul, que vieram para o casamento, agora não podem voltar...

Inês olhou para Paul, absorto nas imagens do seu país.
– Não quer desfazer as malas, Lari? Vem, assim a gente conversa.

As duas saíram abraçadas, Paul nem notou.

Inês abriu as portas dos armários, no quarto. Tudo forrado em papel cor de malva, com listinhas verdes. Sachês perfumando as gavetas. Abriu também as gavetas da cômoda.
– Me passa as roupas que eu vou arrumando.

Larissa foi tirando da mala as camisolas transparentes de seu enxoval de noiva, com peignoirs bordados, combinando.
– Que coisas lindas, Lári.
– Seu enxoval vai ser assim, também. Vovó deixou tudo pronto, bordado. Guardado no baú.

– Acho estranho usar isso... pelo menos aqui na fazenda.
Logo todas as roupas de Larissa estavam organizadas no armário.
– E a roupa do Paul?
– É mesmo! Não estou acostumada a ser casada.
Larissa pegou a mochila grande junto à porta do quarto. Tirou dela as roupas de Paul, quase todas marrons ou bege. Inês surpreendeu-se ao vê-la segurar contra o rosto uma camisa, inspirando profundamente.
– Adoro o cheiro dele.
– Lári... como é?
– Como é o quê?
– Estar casada.
– Ora. Ainda não sei direito!...
– Mas... é esquisito, não é? Você está casada com um santo, quase.
– Que bobagem, Inês.
– É, ora. Um padre.
– Paul não é padre, boba. É ministro.
– Não dá na mesma?
– É um homem comum. Mas um homem de Deus.
– Acho estranho.
Esperou um pouco, e por fim criou coragem para perguntar:
– E... já foi, a sua noite de núpcias? A primeira noite?
Larissa olhou para ela, de lado.
– Já... Mas você não vai querer que eu conte como foi, não é?
Inês riu sem jeito.
– Não... mas ele... *sabe* fazer isso?
– Que besteira, Nenê! Ninguém precisa ensinar a gente a fazer uma coisa que é natural. Olha: quando um casal se ama, casam já sabendo tudo o que precisam saber. É isso. Não vou dizer mais nada.
– Mas... ele não fica sem graça? Ele não acha que é pecado?
– Claro que não. Nada é pecado, quando a gente está casado. Chega desse assunto, ok?
Na sala, Larissa sentou-se junto do marido, Inês no braço da poltrona do vovô, que conversava com Paul. Elas ficaram ouvin-

do, em silêncio. Parecia que as perguntas da Inês tinham quebrado alguma coisa, algo que existia desde que Larissa, então com dez anos, segurara a priminha no colo pela primeira vez, sentada na poltrona no quarto da maternidade, Bartira ajeitando a nenê no colo dela, ensinando a segurar.

Depois do almoço, Inês vestiu o biquíni branco que era o seu favorito e convidou algumas amigas para nadar com ela. Mamãe saiu com os noivos no jipe, para mostrar a fazenda ao Paul. Quando passaram pela piscina, as meninas acenaram e voltaram ao assunto de que falavam antes, professores e notas. O novo casal estava fora das preocupações das adolescentes.

À noite, todos jantavam quando papai chegou. Veio trazendo um pacote grande, embrulhado para presente. Era uma TV para o quarto de hóspedes, para que os recém-casados pudessem acompanhar no quarto o noticiário, se quisessem ficar sozinhos. Mamãe suspirou de alívio. Tinha se preocupado à toa.

Foram dormir cedo. Inês se sentia meio culpada, sentia que não devia ter feito as perguntas que fizera a Larissa. Mas não sabia como se desculpar, e talvez o melhor fosse mesmo não falar mais sobre aquilo.

Dormiu logo, sonhou que se casava, vestida de princesa.

Acordou ouvindo vozes. Apurou o ouvido, achou que era a TV no quarto ao lado, o quarto da prima. Resmungou, sonolenta. Será que iam ficar ouvindo o noticiário a noite toda? Mas não. Distinguiu a voz de Larissa, dengosa, diferente do que jamais ouvira. A voz de Paul, falando em inglês. A de Larissa, respondendo em inglês também. Depois só a de Larissa, arfante, entrecortada. O coração de Inês disparou. Meu Deus. O que será que eles estão fazendo? Riso de Larissa, baixinho. Paul disse algo, Larissa protestou. "No!". A voz dele, falando com ela, estava cheia de riso. E ela protestava, mas rindo também. De repente, silêncio. Será que ela concordou com o que quer que ele lhe estivera propondo? Ou teriam dormido?

O coração de Inês batia tão forte que não conseguia ouvir direito. Levantou-se da cama, trêmula, acendeu a luz. Encostou o ouvido na parede, tentando escutar alguma coisa. Só ouviu o som da TV, baixo, um murmúrio. Ficou envergonhada, lembrou de Jerusa dizendo que nunca se deve ouvir a conversa alheia.

Deitou de novo. Mas agora estava inteiramente desperta. O som da TV ficou mais alto. Inês imaginou que Paul teria aumentado o volume para abafar os gemidos da esposa. Apagou a luz, levantou-se, abriu devagar as portas que davam para o balcão, o mesmo para o qual se abriam as portas do quarto de hóspedes. Sabia que estava errada, muito errada, mas deslizou junto à parede silenciosamente e olhou pela fresta da porta do quarto ao lado. A luz estava apagada, a TV iluminava o quarto com uma tonalidade azulada. Os corpos de Larissa e Paul pareciam cinzentos, como a escultura de pedra na Fonte dos Amores, na praça central. Entrelaçados.

Envergonhada, Inês correu de volta para a cama branca com cabeceira de palhinha trançada, cama de menina. Como pudera fazer algo tão evidentemente errado? Deus, nunca se perdoaria pelo que fizera.

Mas não pôde mais dormir. A imagem da escultura viva cravada no fundo dos olhos.

Sabia que tinha feito algo errado, sim, mas eles também. Como podiam fazer aquilo? Como Larissa permitia? Com Paul, um santo! Inês não pensava que fosse assim. Aquilo não era nada do que tinha aprendido nas aulas de 'educação sexual'. Aquela confusão de bocas, pernas, mãos. Inês levantou-se, foi para o banheiro, tomou um banho frio. Olhou pra a esponja, tentando ver o que havia de diferente nela. Nada. Era a mesma esponja de sempre. Seu corpo é que estava diferente. A pele, parecia, tilintava.

Lembrou que o rapaz era mórmon. Que poderia se casar com mais de uma mulher. Lembrou dos olhos dele, lindos. A voz gentil. As costas vestidas de camisa xadrez. Enquanto se ensaboava, escolheu mentalmente o biquíni que usaria no dia seguinte. Vermelho.

Triângulo sonoro: instrumento de percussão metálico com três lados iguais

O som

Ergueu a cabeça, alerta. Olhou em torno. Que foi aquilo? Prendeu a respiração – e nem sabia o que era isso, prender a respiração. Mas foi o que fez. Para ouvir melhor.
Nada. O barulho devia ter sido uma ilusão.
Voltou às panelinhas e em pouco tempo estava entretida como antes. Colocou com cuidado dentro da mistura marrom-esverdeada mais um pedaço de grama, uma florzinha roxa, raízes de maria-sem-vergonha. Mexeu a panela de plástico rosa com a colher de chá que trouxera da cozinha. Logo cantarolava uma canção recém-aprendida na escola.
E então se interrompeu, coração disparado.
De novo? O que era aquilo?
Agora se ouvia mais nitidamente, do outro lado do muro, o som que interrompera seu trabalho antes. Um ruído – indescritível. Cruzou as duas mãozinhas sobre o coração. Vontade de gritar; não gritou. Controlou-se.
Correu para dentro de casa:
– Mamãe! Um barulho horrível do outro lado do muro!
A mãe largou as panelas de gente grande e limpou as mãos no avental, como fazem as mães.
– Que foi, Liane?
Preocupada. Ô mundo perigoso este em que temos que criar nossos filhos. Olhou para o rosto aterrorizado da criança.
– Que foi, filha?

Pegou a menina no colo e sentiu o coraçãozinho disparado bater contra seu peito.
– Vai lá fora ver, mamãe.
A mãe perguntou em voz baixa, com medo de ser ouvida por alguém além da filha:
– Onde, Li?
– Lá fora.
Apontou para o jardim, na direção do muro que separava o gramado da mamãe e o terreno baldio.
– Mas o que era o barulho, Li? Era gente?
– Não. Eu não sei. Vai lá ver.
– Passos?
Liane negou com a cabeça.
– Alguém falando? O que você ouviu?
– Não é gente. É um barulho horrível.
– Fica aí dentro, Liane. Não sai. Eu vou ver o que é.
Pegou a vassoura, ia saindo, pensou melhor, trocou-a pelo rastelo que usava para tirar do gramado as folhas de eucalipto. Fechou a porta da cozinha, recomendando à criança que não saísse dali. Trancou a porta, guardou a chave no bolso do avental. Com medo de que alguém a tirasse do seu bolso, ainda pensou em jogar a chave pela janela, pedir a Liane que a guardasse e não entregasse a ninguém, só à mamãe, quando pedisse. E então que passasse a chave por debaixo da porta – mas só à mamãe.
Teve medo de que a menina não conseguisse seguir as instruções, não obedecesse e ficasse presa dentro de casa por algum tempo.

Caminhou em direção ao muro devagar, apurando o ouvido. O que teria assustado a criança? Olhou para trás, viu o rostinho preocupado colado ao vitrô da cozinha. Pestinha, tinha arrastado a cadeira para poder espiar. Fez sinal com as mãos para que saísse da janela. Sai, Li, sai!
Então ouviu o som. Como esperava algo de terrível e assustador, deu um pulo para trás. E riu. Ah, meu Deus! Riu mais. Voltou para casa.

Realmente, para quem nunca o ouviu, era um ruído terrível. Nunca percebera isso. Riu de novo. Gargalhou consigo mesma, ronronando quase. Abriu a porta da cozinha. Liane estava muito séria, rosto erguido, esperando a explicação, a notícia. A mãe largou o rastelo junto à porta.

– Vem cá, filha.

Pegou a menina no colo, sentiu o rostinho gelado de terror colado ao seu, o aperto dos braços.

– Vem cá.

– O que era, mamãe?

– Vem ver.

Levou a criança até o muro, ergueu-a para que olhasse do outro lado. Liane cobriu os olhos.

– Não é nada de ruim, Li. Pode olhar. É um bicho, filha. Você já comeu o coitado desse bicho um monte de vezes, no almoço. Não esse; mas igual a esse.

Realmente, para quem nunca o ouviu, o cacarejar de uma galinha pode ser aterrorizante.

Triângulo clássico

Saxofonista

Pensa que é fácil? Ficar aqui, em cima do palco, tocando sem parar enquanto sua mulher está lá embaixo, o sacana do gerente do bar sentado ali com ela? Ri, a desgraçada. O quê que ele fica dizendo no ouvido dela?
Vontade de tocar mais baixo, pra ele não ter que chegar tão perto pra falar.
Tocar o sax bem baixinho, boa essa. Fazer toda a maldita banda tocar baixinho; o pistom, o contrabaixo. A bateria em pianíssimo. O trombone, surdo. O teclado, sussurrante.
Se ela ficasse em casa era pior. Eu nunca ia saber com quem ela esteve falando. Fiquei lendo, ela sempre diz. Lendo!
Lendo o que?
Quando pergunto o que leu, conta histórias de duendes e dragões, sei que inventa. Onde leu isso? Peço que me mostre os livros.
Mostra. Lá estão as estórias. Sim, mas sei que mente. Não sei onde, não sei em que ponto, mas mente, tenho certeza.
E agora ri.
Vontade de morder o bocal do saxofone. Aperto com as mãos, com força, o metal que não se dobra aos meus dedos e não o mordo, é claro. Toco. O público aplaude. Acham que toco com sentimento.
Por que ela não se senta com as mulheres dos outros músicos? Diz que não gosta, que é tímida. Que prefere ficar sozinha.

Mas não fica. Sempre esse filho da mãe rondando, levando pasteizinhos para ela, suco de capim santo.

O show hoje leva um ano para terminar. Fico exausto. Vou até a mesa, sento com ela. O gerente se levanta.

– Quer tomar o quê, Danito?

Filho da mãe. Quero tomar nada. Ele é quem vai tomar. Me controlo.

– Quero uma cerveja quente.

Ele manda vir a cerveja, com as brincadeiras de sempre sobre os coitados dos músicos que não podem beber gelado.

Até que é bom, cerveja quente. Não é ruim, de jeito nenhum. É só questão de acostumar.

Imagino que a gente se acostume com tudo.

Menos com isso de ter a mulher da gente assediada. Quando chegar em casa, vou dizer a ela tudo que penso.

Louco pra voltar pra casa, tomar um banho, deitar na minha cama.

– Vamos pra casa, querido? Estou com sono.

Olho para ela com atenção. Não parece estar com sono, não. Quer ir embora porque cheguei; não está mais se divertindo.

– Agora que parei de tocar você quer ir? Nada disso. Vamos assistir à próxima banda.

Ela suspira. Diz que quer ir logo pra casa, quer ficar sozinha comigo. Quer nada. Conheço essa peça. Pensa que me leva no dedo mindinho. Vamos ficar aqui até de manhã. Vou mostrar a ela quem é que manda.

Peço mais uma cerveja.

E se esse cretino desse gerente chegar perto da nossa mesa, juro por minha mãe morta que quebro a garrafa e tasco na cara gorda dele.

Triângulo improvável

Fátuo

Medo ele tinha. Irracional, sabia. Ora: um economista, com MBA em Wharton? Sabia, claro, objetivamente, que não há fantasmas. Mas um deles causou o acidente.

Quem espanta medos enraizados na infância? A estrada bordejando o cemitério ainda lhe provocava a mesma sensação de ansiedade de quando era criança. De quando voltavam do sítio do avô, à noite, para a casa da cidade, e ele via as pequenas luzes perseguindo o carro do pai. Fantasmas, pai! As almas dos mortos. Enterrava as unhas no estofamento. É fogo-fátuo, filho.

Agora, estalidos.

O ruído farfalhante do fogo-fátuo? Sentiu-se criança de novo. Não seja fátuo, menino, dizia a avó quando ele se gabava de ser melhor que os primos no gamão.

Então ficou assim: a palavra *fátuo* evocava ao mesmo tempo o brilho misterioso no escuro e o pecado do orgulho, da vaidade, da soberba que deveria evitar.

Voltavam de um piquenique. Tinha sido um almoço, mas ficou tarde. Os primos se dividiram em quatro carros, apostando quem chegaria primeiro à fazenda. Ele, dirigindo o off-road:

– Não quero ir pela estrada do cemitério, Lu.

– Besteira, Zé! Vai dar a volta pela Paineira? Me deixa, então, que vou com a Juli. Ela não tem medo de passar perto dos mortos.

– Não é medo de morto, boba. Você sabe que é perigoso ir por ali. Foi lá que assaltaram o João Lima, no ano passado.
– Aqueles dois a polícia já pegou. Os que assaltaram o João. Acho até que mataram.
– Mataram?
– Sei lá. Mas faz tempo que nada de ruim acontece lá. Eu passo sempre por ali. Até a pé! Não tenho medo.
– Não é medo. É prudência. Já tá ficando escuro.
– Eu sei muito bem que o senhor doutor, com todos esses diplomas no estrangeiro, tem medo sim de passar pelo cemitério. Era o único que tremia com as histórias que a Tiana contava. Quer saber? – riu – A gente pedia pra ela contar história de fantasma só pra ver a sua cara, Zé. Verde de medo! E isso quando já éramos grandes.

Claro que não dava para aguentar a Lu rindo dele, dizendo que era covarde. Um ano mais nova, nunca tendo saído de Serra de Dentro! Ela deixava no chinelo qualquer uma das moças que ele conhecera em São Paulo, Barcelona ou Nova York. Ou em qualquer outro lugar. Risonha e linda, com a segurança de quem sabe que é dona de toda a cidade, ou pelo menos neta dos donos. Se fosse a São Paulo ia descobrir que não era assim tão importante; aliás, que não tinha nenhuma importância, a não ser aquela conferida pela personalidade vibrante.

Bem que ele gostaria de ver como ela agiria, despida dos predicados que o sobrenome do avô lhe dava. Mas ali era princesa, incontestavelmente.

– Vamos, então, Lu. Me garante que não tem mais bandido por lá?
– Não. Tem uma bandida. Que morde os primos bonitos quando estão dirigindo, desavisados.

Luciana riu e ele riu também, dos próprios medos e dos modos dela. Esse flertar-e-alfinetar com que os primos se espicaçavam deixava tudo meio elétrico e duvidoso, nas férias, como se existisse de fato a possibilidade de que algo imensamente excitante pudesse acontecer no próximo segundo. Sabiam bem que não. E algum dia estariam todos casados com estranhos que torceriam os narizes para a amizade que os unia.

No carro ela fumava em silêncio e ele cantarolava trechos do *Fantasma da Ópera*, que vira fazia pouco tempo em Nova York. O nevoeiro era usual na serra nessa época do ano, a essa hora do cair da noite. Mesmo os faróis de neblina não cortavam a massa densa de ar frio que subia da terra ou que caía sobre a terra.

– *Neblina: suspensão de gotas d´água que se formam pela condensação da umidade do ar. Próxima ao solo, limita a visão* – Luciana sentenciou.

– E fogo-fátuo?
– Tá com medo?
– Não... testando vossa sapiência, só isso.
– O que é aquilo?... Olha lá, Zé!

Ele forçou a vista. Lembrou que precisava trocar os óculos, a visão muitas vezes ficava embaçada, à noite. Vislumbrou uma luzinha azulada estremecendo à frente do carro, impossível avaliar a que distância, com tanto nevoeiro. A luz tremelicou e apagou-se.

– É fogo-fátuo?
– Não sei. Parece...

Luciana engrossou a voz, fúnebre e ameaçadora:
– Parece fantaaaasma! – disse lentamente, alongando as sílabas.

Apesar do tom de brincadeira, ele sentiu a nuca arrepiar. Uma sensação parecida com a que tinha em criança, quando brincavam de esconde-esconde e ele sabia que estava prestes a ser encontrado. Tentando manter o controle, insistiu com ela:

– Perguntei e você não disse. Fogo-fátuo: definição?
– Fogo-fátuo: combustão espontânea do gás metano quando misturado ao oxigênio do ar, em concentração de aproximadamente vinte e oito por cento, em condições especiais de pressão e temperatura.

– Menina sabida. De onde você saca essas coisas? Inventa ou é isso mesmo?

– Rata de enciclopédia.
– Mas no frio não tem fogo-fátuo, né, Lu?
– Não. Num dia frio como hoje, não devia ter.
– Então o que é aquela luzinha ali?

Ela apertou os olhos, como se isso facilitasse focalizar o que quer que fosse aquilo. O carro derrapou levemente na lama gelada, naquela curva que todos sabiam que era perigosa.
– Não sei.
– O estranho é que a gente vira, vira e ela não some. Nem chega perto. Continua sempre à mesma distância do carro.

Logo depois da curva em S, um homem enorme estava parado no meio da estrada, segurando um machado que girava acima da cabeça. Um cigarro lhe pendia da boca, a brasa improvavelmente brilhando em azul. Iluminados pelos faróis do carro, seus olhos arregalavam-se em veias vermelhas. O machado girando furioso, como se estivesse prestes a ser arremessado contra o para-brisa.
– Zé! – Luciana gritou o nome do primo, incrédula.
Zé Paulo jogou o carro para a esquerda, tentando ao mesmo tempo evitar atropelar o homem e fugir da ameaça do machado. O carro desgovernou-se naquela curva, a mais perigosa – mas que eles conheciam tão bem. Nunca um Melo Souza poderia se atrapalhar com aquela estrada tão íntima de todos eles, tão nitidamente desenhada em seus mapas internos da memória.
Mas aconteceu.
O carro capotou duas vezes. Luciana não gritou. Mulheres gritam; ela não gritou. Zé Paulo registrou o silêncio como sinal da resiliência da prima, sempre cool, controlando suas reações. Quando o carro parou, ela não estava a seu lado. Olhou em torno: nem Luciana nem o homem do machado.
Saiu do carro pela porta que agora apontava para cima, erguendo-a como quem destampa um baú. Dois metros atrás ficara o corpo de Luciana, numa posição que não permitia esperança de que estivesse viva, o pescoço vergado sobre o ombro, uma linda polichinela esguia.

A dois quilômetros dali, Jeviano, bêbado, girava o machado sobre a cabeça, ameaçando a confeiteira Tereza, sua mulher. A polícia estava acostumada a atender aos chamados dos vizinhos, que sempre temiam que um dia a matasse. Mas ele jamais usava o machado.

Alguma combinação de luzes e reflexos, um jogo de espelhos e lentes formado pela neblina e pelas luzes dos carros e da cidade projetara diante deles a imagem de Jeviano? Transportando-a por quilômetros, de reflexo em reflexo, até a estrada do cemitério? Ou foi o fogo-fátuo se aglomerou ali para compor uma imagem humana?

Zé Paulo não conseguiu convencer a ninguém de que um fantasma causara o capotamento.

Triângulo inesperado

Teorema

– Não te amo mais –, ela disse, apertando um pouco os olhos. Estava levemente bêbada, não muito, apenas o suficiente para se sentir zonza. Os amigos diriam que ela estava um pouquinho alta. Eram gentis.

Por isso apertava os olhos. Para focalizar melhor o rosto dele, mas a expressão resultante disso era arguta e incisiva, um olhar de quem disseca a coisa olhada. Parecia muito inteligente, com os olhos assim semicerrados. Mera ilusão de ótica: era uma moça comum, uma aluna mediana da faculdade de Matemática, e naquele momento tinha a compreensão prejudicada pelo álcool.

Ele, por sua vez, abriu muito os olhos claros. Somando-se a fissura em que os olhos dela se tinham transformado e o círculo para o qual os olhos dele, usualmente amendoados, se expandiram, obteríamos a mesma soma de antes. Pode parecer que essa relação é sempre verdadeira num diálogo entre duas pessoas, mas não: há situações em que ambos abrem os olhos tanto quanto podem, e há situações em que ambos os fecham, horrorizados. Ou doce, languidamente.

– O quê? – ele perguntou, zonzo também, não de álcool, mas com a informação recebida.

– É isso mesmo – ela confirmou, compenetrada. Acenou a cabeça para reforçar o que dizia. E repetiu, abanando a cabeça, muito séria, quase que informando a si mesma:

– Não te amo mais.

Ele riu. Primeiro riu de leve, no fundo da garganta, um riso que parecia o ruído de uma moto bem regulada, em ponto morto. Depois riu com vontade, muito, em grandes gargalhadas. Ela observava, meio emburrada.

– Mas você me amava? – ele perguntou. – Eu nunca soube disso!

Ela caiu em si. Impressionante o que o álcool pode fazer, não é? Mesmo em pequenas doses.

– Eu disse isso? Que te amava? – perguntou, chocada.

– Disse, sim.

Depois, ele reformulou:

– Bom... Você só disse que não me ama mais. O que significa que me amava, antes, certo?

Ela:

– Meu Deus... tanto tempo sem coragem de dizer isso. Que coisa.

Ficaram os dois ali, ela revirando o anel de pedrinhas verdes no dedo, lábios contraídos, de vez em quando entreabrindo os lábios como se fosse dizer mais alguma coisa e soltando o anel para morder o lado do dedo mindinho. Ele com um sorriso melancólico, barba de um dia deixando-lhe o rosto azul e sombrio. Um ar soturno que não refletia a semieuforia em que subitamente fora mergulhado pela inesperada negativa dela.

Semi, sim.

– Por que você não disse isso antes?

– O quê?

– Que me amava, ora!

– Não seja convencido.

– Eu? Só estou repetindo o que você disse.

Ela não respondeu. E ele:

– Se eu soubesse disso, não teria me casado.

Ela o olhou de lado:

– Ah, teria, sim. Teria.

– Se... se eu tivesse a menor esperança...

– Esperança?

– Você sempre se comportou como se não gostasse muito de mim!

– Claro...! Você tinha namorada!
– Espera. Deixa eu entender. Que maluquice.
– Escuta, vamos estudar que é melhor. Essa prova não vai ser fácil.
– Mas como você quer que eu me concentre, agora?
Ela abanou a cabeça tristemente:
– A gente não devia ter vindo estudar no bar.

Triângulos incongruentes: mãos, mãos e borboletas

Lúmpem

Meus medos são outros, Alê.

As coisas do escuro não me fazem mossa, pros bichos do escuro estou me lixando. Meu medo, Alê, não é do que rasteja no chão sob os viadutos quando o sol se põe, não é do que está só esperando a noite chegar para desentocar-se e nos tocar com sua pele fria. O que está à espreita. Disso não tenho medo, não, e então você pode sim deitar-se sobre o meu corpo, na hora de dormir.

O que me enche de terror é outra coisa: é o sorriso, por exemplo, da menina que ali vai, de mãos dadas com quem a gerou, aprendendo desde já a repetir os gestos de gerações de meninas de vestidos brancos.

Olha a mão da menina, pequena dentro da mão grande que a contém. É uma crisálida encasulada; no calor dessa mão grande a mão pequena se prepara para sair borboleteando em poucos anos.

Seremos, você e eu, Alê, e os que são como nós, para sempre assim? Saindo do caminho envergonhadamente para dar passagem aos que conduzem crianças vestidas de branco, ou postando-nos desafiadores em seus caminhos, fazendo gelar por um instante seus sorrisos?

Por um instante: porque nossos desafios sempre foram apenas isso, apostas que perdemos. Bravatas.

Logo chegam os que reconduzem tudo ao seu lugar. Nós, você e eu, sob os viadutos. Eles, os transportadores de sorrisos, ao sol.

Entende então por que tremo de medo? Elas se aproximam, as crianças, e meus dentes se trincam de pavor.

Alê, pega minha mão. É mão, não borboleta. Mãos de verdade são assim: têm lama sob as unhas.

Triângulo visto por quatro ângulos de visão

"Entre sem Bater"

A Gerente de Eventos cruzou o hall clicando os saltos no piso de granito polido, seguida pelas duas estagiárias que levavam amostras dos possíveis brindes para os participantes do seminário em Salvador.

Atravessou a sala do *pool* de secretárias. Depois de duas batidinhas rápidas à porta do Diretor de Marketing, girou a maçaneta sem esperar resposta e entrou – comportamento consagrado na cultura da empresa.

O que a Gerente de Eventos viu:
O Diretor de Marketing segurava os dois pulsos da Auditora Interna contra a parede coberta de lambris de madeira, acima da cabeça dela, abaixo dos ombros dele. Ambos estavam rindo baixinho, olhos nos olhos, ela com a cabeça erguida para ele, ele com a cabeça curvada para olhar dentro dos olhos dela.

Ele voltou o ombro direito para a porta que se abria e disse risonhamente "Entra!", num tom alto de voz, sem se preocupar em liberar os pulsos da prisioneira, cujos olhos ainda brilhando se desviaram do rosto dele para o da Gerente de Eventos. A Auditora Interna não tentou libertar os braços nem desfez o sorriso. Não houve demonstração nenhuma de susto ou sobressalto. Como se fosse a coisa mais normal do planeta serem surpreendidos naquela situação.

A Gerente de Eventos, desconcertada, disse:
– Eu volto depois.

– Pode entrar! – insistiu o Diretor de Marketing.
Ela saiu e fechou a porta, rápido. Olhou para as estagiárias, de uma para a outra, lábios apertados, sobrancelhas erguidas, sem saber o que dizer. Indecisa entre ignorar o flagrante ou dizer às garotas que não comentassem o que tinham visto. Se é que tinham visto alguma coisa.
Tudo isso se passou em muito menos tempo do que o que levou para contar os fatos. Abrir e fechar a porta levou pouquíssimos segundos.

O que as Estagiárias viram:
Por cima dos ombros da chefe, as duas moças vislumbraram:
1. as costas do Diretor de Marketing
2. as grandes mãos morenas segurando contra a parede os pulsos estreitos da Auditora Interna, que também era morena mas tinha a parte de dentro dos braços clarinha, contrastando com a madeira
3. os olhos risonhos da Auditora Interna
Em poucos segundos a porta foi fechada pela Gerente de Eventos. As estagiárias ainda estavam nas pontas dos pés, tentando ver melhor por sobre os ombros da chefe, quando ela rodopiou nos saltos, mordendo os lábios, com as sobrancelhas muito arqueadas, indecisa entre rir e demonstrar choque ou desaprovação.
Voltaram para o Departamento de Eventos. No caminho, em meio ao clic-clic dos três pares de saltos, a estagiária morena perguntou:
– Ele não é casado?
– Pior: ela não é casada? – perguntou a estagiária loira.
– Pior por quê? – perguntou em resposta a Gerente, distraída, absorta em suas conjeturas.
– Uai...! – respondeu a loira, indicando no tom da interjeição considerar óbvias as razões pelas quais num *affaire* é pior a mulher ser casada do que o homem ser casado.
A Gerente de Eventos enfatizou:
– Meninas: vocês não viram nada, certo? Nada. Ninguém tem que ouvir nenhuma palavra sobre isso. O assunto acabou aqui.

O que o Diretor de Marketing pensou:
O Diretor de Marketing sabia que, a rigor, a empresa não aceitaria paquera entre funcionários casados. Dependendo de a que ouvidos chegasse a fofoca do flagra, se é que chegaria a mais alguém, sua situação na empresa poderia ficar complicada. Em outras palavras, ele poderia estar ferrado em verde e amarelo. A rigor.
Na prática, era diferente.
Ele gostava muito de sua imagem de sedutor irresistível. Pensou que a conquista de uma linda mulher casada acrescenta prestígio. De nada valeria ter 'na palma da mão' aquela mulher cobiçada por tantos se ninguém ficasse sabendo.
Valia o risco.

O que a Auditora Interna pensou:
Que era bom que tivessem visto, logo todos na empresa saberiam. A cena sensual mas na verdade inocente (ela sabia que era inocente, mera brincadeira) faria parecer que havia um relacionamento mais sério. Melhor que pensem que é sério, afasta dele as outras.
A Auditora Interna era muito ciumenta.

Na Diretoria de Marketing
O Diretor de Marketing disse à Auditora Interna, sem largar-lhe os braços:
– Não viram nada de mais. Uma cena inocente, bonita.
Ela não disse nada, olhava para ele com aquela expressão complacente e irônica, ainda a cintilação nos olhos, o sorriso ao mesmo tempo maternal, cúmplice e condescendente que as mulheres às vezes têm para os seus homens. Ele disse, como quem pede desculpas:
– Pensei em trancar a porta...
– Pensou? – ela riu. – Achei que tinha me agarrado num impulso. Quer dizer que foi planejado?
Ele riu também, o riso que ria quando ficava sem resposta, e por não ter resposta evitou responder. Preferiu confirmar:
– Mas o nosso jantar hoje ainda tá de pé, né?

Ela faiscou para ele o olhar, assentindo.

Naquele momento, ela ainda não sabia que viria a sofrer horrorosamente por amor e por ciúme, que estragaria outras vidas com seu sofrimento, que a brincadeira picante transformar-se-ia numa obsessão.

No Departamento de Eventos
Sentada à escrivaninha, ladeada pelas estagiárias, a Gerente de Eventos mostrava na tela do *notebook* fotos de outras possibilidades de brindes, desconcentrada, enquanto perguntava-se qual seria a melhor atitude.

1) Aproximar-se da Auditora Interna, provocando confidências? Improvável que viessem. A moça era fria, formal, retraída, pouco afetiva e não se abria com ninguém. Evidentemente, era uma impressão que não correspondia à verdade, pelo menos no que dizia respeito ao Diretor de Marketing.

2) Fingir que nada percebera? Melhor.

As estagiárias sentaram nas duas cadeiras do outro lado da mesa. A Gerente de Eventos pegou o telefone:

– Saulo? Posso levar os brindes para você aprovar? – perguntou, como se nada tivesse acontecido.

De agora em diante, sempre ligaria, antes de ir lá. Mais garantido.

E pensar que imaginara que o caso dele fosse com a Assessora de Imprensa!

Triângulos espatifados: cacos de espelho e de barro

Jujuba e o jarro de barro

Levava eu um jarrinho
P'ra ir buscar vinho
Levava um tostão
P'ra comprar pão:
E levava uma fita
Para ir bonita.
Correu atrás
De mim um rapaz:
Foi o jarro p'ra o chão,
Perdi o tostão,
Rasgou-se-me a fita...
Vejam que desdita!
Se eu não levasse um jarrinho,
Nem fosse buscar vinho,
Nem trouxesse uma fita
Pra ir bonita,
Nem corresse atrás
De mim um rapaz
Para ver o que eu fazia,
Nada disto acontecia.
(Fernando Pessoa)

Dona Veridiana não se conforma *mesmo* com o tempo que a Jujuba leva até sair de casa, cada vez que lhe pede para comprar alguma coisa no armazém. A tonta se fecha no banheirinho da área de serviço por horas e horas – fazendo o quê? Pondo-se bela? Como se aquilo tivesse jeito...

Fica se arrumando como se fosse uma übbermodel, quisera ela, teve um dia que até pegou duas flores do jardim, duas azaléas (a vizinha da casa azul diz "azáleas"), para pôr naquele cabelo que parece sei lá o quê...

Dona Veridiana comentava com a vizinha que a Jujuba mais atrapalhava que ajudava. Por que raios não ia de uniforme até a venda? Qual o problema?! Que frescura, meu Deus... Mas tão difícil arrumar empregada, em algumas coisas é preciso ceder.

Dentro de casa, não: dentro de casa o uniforme é indispensável. E touca! Que não apareça um só fio daquele cabelinho sarará!

No banheiro dos fundos, diante de um caco mais ou menos grande do espelho que antes ficava na sala – uma antiguidade que tinha sido quebrada por outra empregada, conforme dona Veridiana sempre fazia questão de dizer –, Jujuba testava um novo penteado meio rastafári que uma garota que conhecera na praia no domingo anterior tinha ensinado. Facinho de fazer, super rápido, dez minutinhos e ficava pronto, lindo, a fita vermelha trançada com o cabelo loiro.

Essa mania da dona Veridiana de querer que ela se apronte rápido, magina, mais rápido ainda?! É zás-trás, em segundos ela fica pronta. Vai de uniforme, Jujuba!, dizia a velha. Ir até a venda sem ficar bonita? Ora. Não tem nada a ver.

Ela sempre dizia pra dona Veridiana que uniforme não tem nada a ver, e aquela bruxa perguntava, com cara de sabichona, não tem nada a ver *com quê*. Será que não entende português?

Dali a pouco, saltitante e rebolante, Jujuba desceu os três degraus do portão de ferro até a rua, feliz com o sol morninho de maio que fazia com que apertasse os olhos, um dia inda ia comprar um óculos igual o do Romário. A bundinha arrebitada apertada na bermuda de jeans, um passo a mais e era a dona da calçada, a rainha do pedaço, requebrando em meio aos canteiros bem cuidados que as frescas das madames mandavam podar toda hora.

Virando a esquina, Jujuba colocou no chão, com cuidado, o jarro que tinha sido do avô da dona Veridiana. Droga de jarro, que toda hora ela tinha que levar até a venda pra encher de vinho. Por que a velha não podia comprar vinho de garrafa, feito gente? E o seu Antônio, bem que ele podia parar de vender o tal do 'vinho da quinta', que ele mandava trazer de barrica lá de Portugal.

Mas tudo bem; se não fosse essa de ter que ir buscar vinho era bem capaz que ela não conseguir nunca sair da casa da patroa. E, se não saísse, não ia poder ver nunca aquele crioulinho que atendia no balcão, coisa mais linda.

Enquanto pensava isso tudo, a Jujuba fuçava nos quatro bolsos da bermuda justinha, procurando o toque final do visual caprichado. Sentiu um frio na barriga ao não encontrar em nenhum dos bolsos o que procurava. Coração disparando, fuçou mais fundo, tirou as quatro moedas de um real que dona Veridiana tinha dado para pagar o vinho, largou as moedas no fundo do jarro. Velha muquirana, nem pra dar um pouquinho a mais pra ela comprar cigarro com o troco! No cantinho do bolso de trás achou o que procurava. Ai, que alívio. Eles estavam ali, sim.

Atarraxou com cuidado os dois brinquinhos de pedra vermelha que a patroa quase nunca usava. Eram uma coisa meio antiquada, de tarracha, não tinha nem como enfiar no furo da orelha. Examinou-se no vidro de um carro estacionado. Os brincos ficavam lindos junto da pela escura, parecia que brilhavam ainda mais. Num dia de sol como aquele, então... Catou de novo o jarro e atravessou confiante a rua, na direção da venda.

O Rogenildo bem que gostava quando aquela gata entrava no armazém, ficava logo ouriçado, mas os bigodes vigilantes do seu Antônio estavam sempre por perto, tinha que disfarçar o entusiasmo.

Ela vinha sempre carregando um jarro de barro pra encher com vinho; depois que tava cheio, pesado, ela não aguentava mais segurar pela alça, tinha que agarrar com as duas mãos, com força, aí os peitinhos ficavam mais empinados dentro da camiseta justa enquanto ela levantava o vaso pra apoiar na cabeça, segurando com as mãozinhas, dava pra ver bem que não usava sutiã. Depois ia embora, deixando o Rogenildo de olho comprido.

Mas olha só que sorte, justo hoje o seu Antônio saiu pra ir ao banco bem na hora que ela ia chegando, olha só que coisa, parece coisa do destino, ele sozinho ali com aquela tentação.

E ela olhando bem dentro do olho dele, dum jeito manêro, dá pra ver que basta ele querer...

O Rogenildo perguntou no maior charme se ela ia levar só o vinho... ou se queria mais alguma coisa. A gata disse que era só o vinho mesmo, mas disse dum jeito que ele viu que não era bem aquilo, dava pra perceber.

Ele saiu de trás do balcão, como se fosse pegar a jarra, mas o que fez mesmo foi passar a mão na trança do cabelo dela. Disse que a fita era bonita, mas disse olhando pra outra coisa.

A Jujuba sorriu meio assustada, nunca pensou que ele fosse tão confiado.

O Rogenildo, com jeito, falou pra ela largar o jarro (mas ela não largou) e deu um puxão com muito carinho na trança rasta com a fita vermelha, levando a Jujuba para junto dele enquanto com a outra mão agarrava no braço lisinho.

A Jujuba pediu quase chorando que ele largasse dela, que era moça séria, nem conhecia ele direito, até queria conhecer, mas não assim desse jeito. Olhou meio desesperada pra trás, torcendo pra chegar algum freguês.

O Rogenildo, torcendo para não chegar nenhum freguês, olhou também pra fora da loja, pros dois lados.

Abraçou a Jujuba com força, o jarro que ela não tinha largado ficou ali, no meio dos dois. Ele pediu para ela ficar boazinha que não ia fazer nada de ruim com ela. Ela rezou baixinho do jeito que sabia, achou que o cara de perto era feio, não queria mais nada com ele.

Dona Veridiana perdeu a paciência, desistiu de esperar e saiu procurando a estaferma (diz a vizinha da casa azul que o certo é estafermo, mesmo sendo mulher) que com toda certeza ia estar proseando com algum desocupado. Já não basta o tempo que leva para se vestir, se pentear, se perfumar, se embonecar, ainda ficava na rua o resto da vida, como se não tivesse nada que fazer em casa.

Quanto virou a esquina, Dona Veridiana viu a tonta correndo feito uma louca, abraçada no jarro do vô Tito e olhando para trás como se estivesse fugindo do diabo. E lá atrás, com efeito, vinha vindo o diabo em pessoa, aquele moleque desaforado que trabalhava para o seu Antônio.

Ao ver dona Veridiana, Rogenildo deu uma freada com os tênis que nem nesses anúncios de televisão, saiu até fumaça, ele virou nos cascos, deu meia volta, não quis nem saber, sumiu na mesma velocidade.

Jujuba olhou para a patroa como se ela tivesse sido mandada por Deus Nosso Senhor, que bom que a senhora apareceu! Correndo em direção a dona Veridiana, tropeçou no meio-fio e se estatelou na calçada agarrada ao jarro, protegendo-o com os cotovelos o melhor que pôde, o que significa que não foi proteção suficiente para evitar que o jarro se partisse, embora os cotovelos ficassem sangrando.

Fora do jarro, as moedinhas tilintaram sarjeta abaixo, rindo muito do tombo.

A primeira coisa que dona Veridiana gritou foi meu jarro.

A segunda foi meus brincos de rubi. A Jujuba escondeu os malditos com as mãos, apavorada.

Não sabia se a culpa era de dona Veridiana, que mandou buscar o vinho; do jarro, que era duma porcaria de barro que quebrava com qualquer coisinha; ou daquela fita de um vermelho vivo, que ela devia ter lembrado, antes de pôr no cabelo, que era a cor da pomba-gira.

Triângulo isósceles

Miçangas

No bar do museu. Ela ficou ali me olhando com um olhar cheio de miçangas. Eu continuei a espetar as palavras devagar, devorando-as metodicamente. Na verdade eram azeitonas que eu espetava com um palito, azeitonas recheadas de pistache. Mas era como se furasse uma a uma as palavras que ela dizia.

Tive medo de que as miçangas começassem a lhe escorrer pelo rosto; que de purpurina espalhada pela íris, brilho, se transformassem em choro de mulher, coisa com a qual não sei lidar e que sempre me provoca uma sensação de urgência, de que algo tem de ser feito para cessar aquele rio.

Algumas capitus têm olhos em que o mar bate nos rochedos com estrondo. Não esta.

Por que uma mulher trai e chora?

Sei que o que ela realmente teme é perder o autocontrole. Teme que as palavras comecem a lhe escorrer pelo rosto com as miçangas, deixando rastros de sílabas pela pele, marcando linhas que de outra forma ela só virá a ter daqui a anos.

Se viver o suficiente.

A morte vem em triângulos. Uma vez escrevi um roteiro para um filme com esse título. Não foi rodado.

Esperei com o palito espetado no ar a próxima palavra. Como demorou muito, escolhi mais uma azeitona do prato.

– Fala! –, eu disse por fim.

Não sei terminar um amor. Sou péssimo nisso. Quero que ela diga a palavra final, que decida por mim.

Quanto mais ela se justifica, mais se enrola.

A gente cresce acreditando que nunca vai matar ninguém. A gente vê nos jornais assassinatos cometidos não por bandidos, mas por pessoas até então consideradas gentis por amigos e parentes, e a gente abana a cabeça, desgostoso da fraqueza dos humanos. Mas continuamos na certeza de que jamais perpetraremos um assassinato.

De modo que, quando as coisas parecem encaminhar-se para um ponto tal que a única solução é fazer com que o outro deixe de existir, o mundo inteiro parece tecido de improbabilidades.

Um restaurante de museu não é um bom lugar para um tiro na traidora. É um bom lugar para se comer. Cansa percorrer todo o trajeto.

O claustrofobiante espaço dos museus. E ao sair você toma um hausto, um grande gole de ar, porque lá dentro era impossível respirar.

Todos os mestres mortos, suas obras pintadas há tanto tempo, não há algo de mórbido nisso? Você percorre o caminho obrigatório, o labirinto programado para a visitação, corredores que forçam o visitante a ver os quadros na mesma ordem dos visitantes de ontem, sem levar em conta as diferenças entre os olhares, sem levar em consideração as preferências de cada um.

Não posso traçar meu menu, meu roteiro, meu cardápio de visões? Não posso escolher os links que quero seguir?

Nada de tiros.

Prefiro que ela vá embora, apenas, para que eu possa reconquistá-la e assim recomeçar o jogo.

Se ele a arrancar de mim, mas depois eu a tirar dele, se ele sofrer como estou sofrendo agora, tudo fica bem outra vez.

Esse negócio de amor – apenas na superfície passa-se entre um homem e uma mulher. Na verdade esse negócio de amor se passa entre dois homens, é sempre um contra o outro – contra os outros. Somos guerreiros.

É sempre um homem que conquistou a mulher que outro queria, conquistou a mulher que todos queriam. Um homem que tirou a mulher de outro ou um homem que conseguiu que ninguém levasse sua mulher, numa demonstração da eficiência em mantê-la sob seu corpo. Cada ato de amor é reafirmação dessa posse, e a fidelidade eventual de uma mulher nada mais é do que um galardão, atestado de masculinidade. Por isso a traição é inaceitável.

Fora do museu, sob o sol de janeiro, um tiro não parece uma opção a se considerar.

Eu não sei terminar um amor, ele pensou de novo. Sou péssimo nisso.

E parece frágil, desconsoladamente frágil, como frágeis são os homens de um metro e noventa de altura e envergadura equivalente.

Saíram do museu abraçados, como se estivessem se protegendo um ao outro do que quer que tivesse podido acontecer lá.

Vértices para alguns triângulos

Um tostão pelos seus pensamentos

– Em que você está pensando?, ele perguntou
A resposta demorou um nanosegundo mais do que deveria.
– Eu posso dizer em que estou pensando... ou posso dizer qualquer outra coisa. E você não tem como saber se estou sendo sincera ou não.
– É verdade, ele concordou, em tom amigável de conversação amena. E apertou o volante com mais força, travou os dentes, olhando firme para a frente.
Ela pensou que poderia ter respondido "em você", e isso encerraria o assunto. Como a outra resposta, a que deu, também parecia ter encerrado.

"Em você" é uma resposta segura para se dar para a maioria dos homens, porque de um modo geral eles acreditam sinceramente que suas mulheres não têm mais nada em que pensar. Acreditam que as mulheres é que se preocupam com o que os homens pensam e que, quando estão chateados, concentrando-se em algo realmente importante, como a derrota no futebol – por exemplo–, elas torcem as mãos de aflição tentando descobrir por que estão assim ensimesmados.

Ele gostaria que ela tivesse dito "em você", mas se isso tivesse acontecido, acharia que ela estava mentindo.

O relacionamento romântico das pessoas objetivas é muito mais complicado que o das pessoas românticas.

Fé

Tinha uma fé inquebrantável no potencial de crueldade dos outros humanos. Passava boa parte do tempo pensando nos horrores que as pessoas poderiam praticar e tentando prevenir, evitar, impedir agressões que ninguém mais imaginaria.

Lavava as embalagens de pimenta antes de pôr no lixo, cuidadosamente, para que nenhuma criança, vasculhando os lixões, pensasse em esfregar o líquido no olho do amiguinho. Quebrava espetos descartáveis de madeira em pedaços pequenos depois de um churrasco. Nunca se sabe.

Copos que se partiam, esmigalhava em partículas que já não pudessem ferir ninguém, antes de jogar fora embrulhadas em jornal. A boneca japonesa que a avó lhe deixara, uma relíquia de trezentos anos, muito mais pesada do que parecia e que certamente poderia servir para nocautear algum desavisado, jogou na lareira.

Morreu sufocado no escritório. Os invasores estofaram-lhe a boca e o nariz com inofensivos lenços de papel.

Sonho

O loirinho gorducho parou na porta do salão de cabeleireiro do Jockey e piscou para a mãe, que diante do espelho recebia um jato de spray nos cabelos. Ela franziu as sobrancelhas. Ou franziria, se conseguisse contrair os músculos.
– Mãe, o motorista chegou.
Ela ignorou a informação e levantou um dedinho manicurado e ameaçador:
– Se suas notas não melhorarem, tiro você da escolinha de futebol.
– Você teria coragem de fazer isso, mãe? De estragar minha carreira por causa de estudo?

Celular

Desde sempre ela observa o mundo. E fala sozinha. Há mais de uma década, notou que alguma pessoas começaram a andar pela rua falando sozinhas, também, para um aparelho preto. Um rádio? Telefone não era, ela conhecia telefones. Hoje, nas ruas, todos falam sozinhos, com uma das mãos junto da orelha. Talvez haja algo nas mãos deles... Pequenos objetos prateados que abrem e fecham? Tão pequenos que às vezes ela não os vê.

Então ela, que sempre falou para si mesma com os braços estendidos para o mar, agora caminha pela areia, mão na lateral do rosto, junto da orelha, falando sozinha, também, como vê fazerem todos os outros.

Na USP

Certa vez vi um personagem meu andando pela USP. O nome dele? Como vou saber o nome? Não falei com o cara.

Ah, do personagem? Não vem ao caso.

Como eu sabia que era um meu personagem? Ora! Olhei para ele e logo vi quem era. Reconheci pelo jeito de andar.

Não, poxa. Estava de costas, como eu poderia ver o rosto?

Reduzi a marcha quando reconheci a silhueta, os ombros, o jeito de posicionar a coluna.

Observei que ele murmurava alguma coisa e estendia, em sequência, os dedos da mão antes fechada, como se fosse alguma espécie de código para falar consigo mesmo. Indicador, dedo médio, anular, dedo mínimo. Em gestos sincopados, ritmados, decididos. Por fim, o polegar. Aí fechou a mão, coçou a barba escura. E começou de novo, agora com a mão esquerda: indicador, médio, anular. Parou. Parou de andar, também. Pensou um pouco, os três dedos estendidos para a frente, olhar perdido não nos dedos, mas bem longe. Olhou para o céu, pôs as mãos nos bolsos e retomou a caminhada, agora com passo decidido. Nem imagino por quê, mas evoluiu rapidamente da hesitação para a determinação.

Dei ré quando vi pelo retrovisor que ele entrou por uma ruela. Entrei também, fui seguindo o cara. Fingindo procurar uma vaga para estacionar.

Ele parou no carrinho de cachorro-quente. Tinha um monte de gente em volta, competindo pela atenção do vendedor. Pensei em parar, descer do carro, falar com meu personagem, perguntar o que fazia ali, tão longe do cenário que criei para ele. Mas desisti, achei melhor ir embora. Vai que me apaixono...

Quarto sem janela

"Não me ponham num quarto sem janela", pediu, ao sair do ensolarado hospital das freiras. Do quarto amplo. Lá, da cama ela olhava para fora, para as árvores contra o azul, tinha a certeza de que voltaria para casa, reencontraria o mar. De vez em quando um pardal pousando num galho.

Saiu de lá para outro hospital. Diziam que melhor, mais avançado, um lugar cheio de recursos. A última palavra, medicina de ponta.

Foi para um quarto comprido e estreito com torneiras na parede de onde saíam tubos que foram ligados ao seu corpo. Equipamentos avançadíssimos, coisa de ficção científica, torneirinhas forneciam gases e líquidos enquanto ponteiros indicavam dados precisos sobre o funcionamento do seu corpo, que apareciam em telas, em uma sala longe dali.

O quarto abria para uma saleta enjanelada. Mas, da cama, ela não via a janela. Só a claridade entrando pelo arco que ligava o quarto à saleta, onde ficavam a geladeira e as cadeiras para os visitantes. Ela os ouvia conversando entre si, mas não com ela, exceto para perguntar se queria alguma coisa.

O céu ela não viu nunca mais. Nem a copa das árvores, onde um passarinho de vez em quando decerto pousaria, mensagem de movimento e vida, como podia ver no hospital das freiras e assim distrair-se da morte.

Definhou assistida pelos mais sofisticados equipamentos da medicina. Sem ver o céu.

O mar? Nem pensar.

O pecado

Os deuses não previram que, ao descobrir o fogo, os humanos o usassem não só para iluminar as noites e se aquecer, mas também para cozinhar alimentos.

Devoradores de uvas, mel e outras delícias naturebas, os deuses nem imaginaram que nos ocorreria essa perversão: passar no fogo a caça! Afinal, outros predadores se contentam em rasgá-la com os dentes.

Que Prometeu roubasse o fogo, vá lá. Foi castigado e, em tese, as coisas poderiam ter ficado por isso mesmo: conseguimos o fogo e, em compensação, um espião que se passara para o nosso lado foi atado a um rochedo e teve o fígado exemplarmente devorado por abutres. Ficariam elas por elas, tava de bom tamanho.

Mas que cozinhemos a carne? E os legumes?! Tenham a santa paciência, tem limite pra pecado, tem limite pra se ir contra a natureza!

Marimbondo

No primeiro momento, visto pelo olho que sobrou – que distorcia as distâncias – parecia um morcego, lá fora, encaixado na nesga de céu entre as cortinas. Mas era só um marimbondo grande entrando pela janela, atraído pelo raio de sol que pousava na página do livro aberto no colo do professor. Ele gritou "hm!", agudo, sem abrir a boca. O marimbondo, assustado, atacou direto o olhou que sobrara.

Mentira

Não era verdade, mas, doida de sono, ela resolveu concordar: "Tá bom, tá bom. Eu transei com o meu chefe. Agora me deixa dormir."
Sem chance. Nunca mais dormiria. Agora ele queria todos os detalhes.

Um continho de ano novo

Então atiraram para longe as fraldas geriátricas e amaram-se em todas as posições que seus corpos permitiam, sobre o colchão dele na ala masculina, enquanto os outro internos brindavam ao Ano Novo no salão. Fazia tempo que, no refeitório e nas aulas de hidroginástica, trocavam olhares lúbricos.

Outro continho de ano novo

Depois de muito dançar de braços para o alto, ela e o marido beijaram-se com paixão à meia-noite, enquanto espocavam os fogos na avenida Paulista, a língua dele um prenúncio de que muita sacanagem rolaria, mais tarde, com as crianças dormindo no quarto ao lado.

Quando estava indo para um dos trezentos banheiros químicos que a prefeitura instalou, ela sentiu o aperto no braço. Virou-se, era o namorado.

– Que você tá fazendo aqui? Não ia passar com a família da sua mulher?

Ele nem se preocupou em responder, estava preocupado com outra coisa:

– A que horas vamos nos ver amanhã? Não posso ficar sem te amar no primeiro dia do ano, você sabe. Você me dá sorte.

Beijou-a rapidamente e ela não resistiu, sabia que nunca resistiria, que estaria, como combinado, no lugar de sempre às quatro da tarde.

Com ele, não iria rolar sacanagem nenhuma. Ele a amava com um respeito quase religioso, a coisa mais sem graça do mundo, e ela não sabia por que ainda não terminara com aquilo. Ou sabia. É que ele era bonito demais.

O beijo foi rápido, ninguém viu, nenhum paparazzo fotografou, não saiu nos jornais no dia seguinte.

Ela foi ao banheiro e voltou, como sempre voltava, para o marido e os filhos.

Pudicamente

Mais que tudo, desejava vê-la nua. Sacana, debochada. Mas era impossível, ele bem sabia. Toda tatuada, do pescoço aos tornozelos, sempre pudica parecia sobre os lençóis.

A desaparecida

Então ela foi embora. Simplesmente saiu andando, sempre para a frente, ou para a direção mais parecida com a frente. Saiu como estava, de vestido e sandália. Não levou documentos, nem dinheiro, nem uma muda de roupa.
    Levou na mão o celular, sabendo – ou não – que logo a carga se acabaria. Levou por hábito. Não havia ninguém para quem quisesse ligar. Ninguém para quem quisesse explicar alguma coisa.
    Ninguém que ela acreditasse que estaria interessado em ouvir explicação, se explicação houvesse. Sabia que qualquer aviso anterior soaria como um pedido para que a convencessem a não ir. Que qualquer despedida pareceria falsa, uma ameaça tola. Então foi sem avisar.
    Ouviu de longe:
    – Ela tá chata hoje!
    Tava mesmo. Chata pra caramba.
    Mais tarde diriam, ao fazer o B.O.: "Ela enlouqueceu". Ou: "Foi o remédio que ela tava tomando". Ninguém procuraria explicações mais sutis do que isso.

A barreira

Sei que não posso ultrapassar aquela linha ali. Bem ali, onde fica o portão. A linha que separa o lado de cá do lado de Lá.
Alguma coisa terrível aconteceria, se eu os seguisse quando passam para Lá.
No lado de cá fico eu.
No lado de Lá, não sei. É grande, o lado de Lá.
Se tento passar, se penso em tentar passar, eles percebem. E, com um gesto que aprendi a entender ou com uma palavra nessa língua que falam comigo, deixam bem claro que não posso passar. Soa mais ou menos assim: "Não!"
Eu obedeço.
Às vezes penso em me rebelar. E se eu passar para o Outro Lado, mesmo com todas as proibições? E se? Só penso. Não ouso.
Eles não, eles passam pra Lá e pra cá o tempo todo. Vão com suas duas pernas ou vão dentro desse animal que os engole e os leva, todos os dias, e traz de volta.
O animal rosna. Grito repetidamente que também quero ir, e meu dono, lá dentro, fecha as asas do animal e diz "quieto!", enquanto passa para Lá. Vão embora.
Meu latido se transforma num uivo baixinho e lamentoso.

Ching Suan
depois do terremoto

Debaixo dos escombros, não ousava gritar por ajuda. Pensava que a existência fora tão injustamente maravilhosa até ali, que direito tinha de pedir mais? Pensava nos que ainda teriam mais de metade do seu tempo de vida pela frente, esses sim deviam ser salvos; pensava nos que nunca tiveram um dia de perfeita felicidade, esses precisavam de uma chance para que a alegria se redimisse; pensava que toda biografia termina numa notícia ruim, e por que não agora, então?

Qualquer salvação não significaria viver para sempre, qualquer salvação seria apenas adiar o momento terrível, por que buscar uma outra morte em vez dessa que se apresentava, tão convenientemente, sem ser precedida por meses de doença, sem peregrinação a doutores e hospitais, sem pesar nos ombros de nenhum de seus amores, filhos, netos, amigos? Morte coletiva, quase gloriosa. Melhor assim.

Optou, então, por não chamar ninguém.

Nem morta

Escuta: eu só queria aquele homem. Nenhum outro. Menina ainda, era só ele que eu queria. Olhava e pensava que quando eu crescesse ele ia ser meu. Ele nem me via, uma vez me puxou a trança num São João, podia ter sido a de qualquer outra menina, fiquei cheirando o cabelo, trazendo a trança pra frente o dia todo, minha mãe "quê isso, menina? Tira o cabelo do nariz!".

Depois meu cabelo ficou de novo com cheiro de sabão, parei de cheirar.

Então, quando cresci, ele quase começando a ficar velho, era ainda ele que eu queria. Não queria o velho, queria o outro, o que não tinha nenhum cabelo branco no meio na carapinha e tinha barriga de cobre martelado, brilhante igual tacho de fazer doce de goiaba. Mas esse quase velho que agora me queria era o mesmo homem que eu queria antes e quer saber?, eu nem via, nem percebia as mudanças. Foi, sim: ele também me quis, e ele me querer era tudo que eu queria.

Agora você me pergunta se eu aceito ir morar com o seu patrão, aquele sarnento que eu sei que foi ele que mandou matar meu homem? Mas nem morta, diz pra ele.

Nem morta.

1974

Através da cortina de dor, o rosto do carrasco parecia quase bondoso, um homem de meia-idade dedicado a cumprir no capricho a tarefa a que se propusera. Concentrado. Ela concentrou-se também: no grito. Sempre fora assim: tudo que fazia era com perfeição. Se tortura houvesse, que fosse completamente sentida. Curtir a dor como sempre curtira a vida: na íntegra.

A vizinha

Quando minha mãe contou a ela, no parque de diversões, que a razão de eu estar todo emburrado era que ela ia se casar, ela riu muito, me pegou no colo, me beijou e então tive certeza de ser correspondido: o dia por fim endomingou-se, encheu-se de bandeirolas coloridas, o que a música e a roda-gigante não tinham conseguido fazer ela fez.

Então imagine como eu me senti, ao atravessar o tapete de veludo da igreja, vestido num terninho igual ao do noivo e levando as alianças sobre uma almofada prateada. Eu tinha seis anos.

Aqueles beijos então não significaram nada?

Foi o primeiro triângulo amoroso em que me envolvi e determinou todas as minhas relações dali em diante.

Freud que se dane, nunca tive ciúme nenhum de minha mãe nos braços do meu pai. Mas a traição da linda vizinha até hoje não digeri.

Comentários, observações, justificativas, vocabulário, breve glossário, abreviaturas e algumas definições

Estória x História – sim, escrevo *estória*, guimaraesroseanamente (que os deuses me perdoem a pretensão). Permitam-me citar a etimologia de *estória* como aparece no Dicionário Houaiss da Língua Portuguesa – que em breve estará obsoleto, assim como todo e qualquer texto publicado no mundo lusófono pré-reforma ortográfica:

> estória: ing. *story* (sXIII-XV) 'narrativa em prosa ou verso, fictícia ou não, com o objetivo de divertir e/ou instruir o ouvinte ou o leitor', do anglo-francês *estorie*, do fr.ant. *estoire* e, este, do lat. *historìa,ae*; f.divg. de *história* adotada pelo conde de Sabugosa com o sentido de narrativa de ficção, segundo informa J.A. Carvalho em seu livro *Discurso & Narração*, Vitória, 1995, p. 9-11; f.hist. sXIV *estorya*

SPFC – São Paulo Futebol Clube

USP – Universidade de São Paulo

Itálicos – quando colocar palavras estrangeiras em itálico? Se eu pudesse decidir, jamais, desde que estejam incorporadas ao falar brasileiro. Se nem mesmo o corretor ortográfico do Word protesta quando se escreve "shortinho"...! Socialite, cool, look (enquanto substantivo), tête-à-tête, notebook, por mim tudo isso seria escrito em caracteres normais. Mas sei que não é assim que se faz, e baixo a cabeça, em aceitação. Para neologismos, no entanto, palavras inventadas, por favor, não. É exigir demais de uma escriba que só consegue pensar visualizando as palavras. Eu deixaria os itálicos para destaque ou para efeito visual de ênfase, ou ainda para as ocasiões em que algo é tomado em sentido figurado ou irônico, um sentido diferente daquele que a palavra usualmente tem. As situações nas quais os americanos, ao falar, desenham aspas no ar, dois dedos de cada lado, mímica já bastante difundida aqui, não sei se por obra dos seriados de TV ou dos intercâmbios culturais.

Vírgula antes do 'mas' – oficialmente, é o correto, em Português. Devido talvez às traduções de bestsellers estadunidenses, cada vez mais essa vírgula parece 'errada' no português brasileiro. Já a vírgula *depois* do 'mas', a menos que haja um aposto, claro, só mesmo em textos escritos até a primeira metade do século passado.

Vírgula depois da interrogação – o ideal mesmo é que existisse *vírgula de interrogação*, em vez de ponto de interrogação. Mas não existe; a gente tem que se virar com o que há no teclado

Triângulo Equilátero – seus três lados têm medidas iguais

Triângulo Isósceles – dois lados têm a mesma medida

Triângulo Escaleno – todos os lados têm medidas diferentes

Triângulo Acutângulo – todos os ângulos internos são agudos, ou seja, têm menos de 90º

Triângulo Obtusângulo – um dos três ângulos internos é obtuso, ou seja, tem mais que 90º (90 graus).

Triângulo retângulo – tem um ângulo interno reto, ou seja, com 90º
Triângulos congruentes – Duas figuras planas são congruentes quando têm a mesma forma e as mesmas dimensões, isto é, o mesmo tamanho.

Triângulos semelhantes – têm os três ângulos e os três lados correspondentemente proporcionais

Para conhecer outros títulos, acesse o site www.alaude.com.br, cadastre-se, e receba nosso boletim eletrônico com novidades

EDITORA
ALAÚDE